dtv

»Tipsy war kein Kanarienvogel. Sie war auch kein junger Wachtelhund mit langem Behang, der sich wie Seide anfühlen konnte, wenn man ihn bürstete. Sie war kein Fohlen und kein Kätzchen. Sie war ein junges Mädchen, das noch vor der Jahrhundertwende auf einem estländischen Gut heranwuchs.« Es beginnt nicht nur so, es liest sich auch wie ein Märchen, was diese Maria-Gabriele von Ilgafer, zärtlich Tipsy genannt, erlebt. Sie ist gerade mal siebzehn, als ihr bei der Hochzeit einer Freundin ein peinliches Mißgeschick passiert, mit dem ihre sonderliche Liebesgeschichte beginnt ...

Else Hueck-Dehio, geboren am 31. Dezember 1897 in Dorpat/Estland, gestorben am 30. Juni 1976 in Murnau/Oberbayern, war ausgebildete Krankenschwester. Als Erzählerin erhielt sie 1960 den Deutschen Jugendbuchpreis.

Else Hueck-Dehio

Tipsys sonderliche Liebesgeschichte

Eine Idylle aus dem alten Estland

und

Ja, damals …

Zwei heitere estländische Geschichten

Deutscher Taschenbuch Verlag

Ungekürzte Ausgabe
Mai 2001
2. Auflage April 2002
Deutscher Taschenbuch Verlag GmbH & Co. KG,
München
www.dtv.de

Erstveröffentlichungen: Heilbronn 1953 (Ja, damals ...)
und 1959 (Tipsys sonderliche Liebesgeschichte)
Umschlagkonzept: Balk & Brumshagen
Umschlaggestaltung unter Verwendung von Illustrationen
von Elsbeth Schneidler-Schwarz
Satz: Kalle Giese Grafik GmbH, Overath
Gesetzt aus der Stempel Garamond (Berthold) 12/14·
Druck und Bindung: Druckerei C. H. Beck, Nördlingen
Gedruckt auf säurefreiem, chlorfrei gebleichtem Papier
Printed in Germany · ISBN 3-423-25178-6

Tipsys sonderliche Liebesgeschichte

Eine Idylle aus dem alten Estland

Tipsys sonderliche Liebesgeschichte

Tipsy war kein Kanarienvogel. Sie war auch kein junger Wachtelhund mit langem Behang, der sich wie Seide anfühlen konnte, wenn man ihn bürstete. Sie war kein Fohlen und kein Kätzchen. Sie war ein junges Mädchen, das noch vor der Jahrhundertwende auf einem estländischen Gut heranwuchs. Sie war natürlich auch nicht Tipsy getauft, sondern Maria-Gabriele. Aber dieser schöne und edle Name wurde von den vier älteren Brüdern nie ganz ernst genommen. Da das Kind das jüngste in der Reihe der Geschwister blieb und, als es zu laufen anfing, mit unermüdlichem Eifer versuchte, hinter den großen Brüdern herzurennen, ergab sich von selber der Name »tagga-tips«*, aus welchem dann das zärtlichere »Tipsy« wurde.

Tipsy blieb Tipsy, auch als sie längst selber reiten und schwimmen konnte, und wahrscheinlich wurde sie noch als Großmutter so gerufen, denn wir wissen alle, daß sich in unserer Heimat solche

* tagga-tips = auf estnisch etwa »letztes Pünktchen«

Kindernamen oft bis ins hohe Alter, ja, bis in die Todesanzeigen hinein, erhielten.

Aus dem Leben dieser Tipsy möchte ich nun eine kleine Geschichte erzählen – die Verwandten, die sie mir lächelnd zugetuschelt haben, werden mir meine leichte Indiskretion hoffentlich verzeihen, denn es handelt sich immerhin um den sonderlichen Beginn von Tipsys Liebesgeschichte.

Ich habe auch lange gezögert, ehe ich beschloß, die Geschichte aufzuschreiben. Aber nun soll es doch geschehen, und während ich dieses bedenke, freue ich mich darauf, wieder einmal die Felder und den Himmel, Fluß, Wald und Schneesturm, ja, das ganze, nie vergessene Bild der Landschaft wiederzusehen, die einst unsere Heimat war.

•

Zunächst wuchs Tipsy auf ihrem elterlichen Gut auf, wie unzählige junge Mädchen der damaligen Zeit schon aufgewachsen waren. Die estnische Kinderfrau wiegte sie auf ihren prallen Armen in ihre ersten Träume. Die halbdeutsche Bonne bürstete ihr die Haare und wusch ihr die Hände, wenn sie vom Sandhaufen zum Mittagessen gerufen wurde. Sie trocknete ihr auch die Tränen, wenn die großen Brüder wieder einmal auf ihren Ponys über alle Berge ritten, ohne sich um den die Händchen flehend ausstreckenden Tagga-tips zu kümmern. Dann kam die deutsche Gouvernante, Fräulein Magnus, die sich mit Ernst und Strenge um Tipsys

Bildung bemühte, ihr den Handkuß und die anderen, einem wohlerzogenen Kinde zustehenden Höflichkeitsformeln beibrachte und sie dabei als einziger Mensch in der Welt stets »Maria-Gabriele« nannte. Schließlich kam auch noch Mademoiselle aus der Schweiz, parlierte französisch wie ein zwitschernder Garten-Laubsänger, legte sich abends Papilloten rund um den kleinen, dunklen Kopf und duftete unnachahmlich nach Maiglöckchen.

Darüber hinaus gab es natürlich noch Papa und Mama, die, wie die Götter im Olymp, über dem ganzen Leben thronten, alles Wichtige entschieden, den Morgen- und Abendkuß in Empfang nahmen und, aus einer gewissen Entfernung betrachtet, bestaunt und geliebt werden konnten.

Und dann gab es noch Tante Addi.

Tante Addi lebte in Dorpat in einem langgestreckten, niedrigen Holzhaus an der Breitstraße. Wenn die Familie im Herbst zur landwirtschaftlichen Ausstellung in die Stadt fuhr, stieg man bei ihr ab. Aber viel öfter, zu jeder Festzeit und wann es ihr sonst richtig schien, kam Tante Addi in ihr Elternhaus nach Ilgafer. Sie brachte Mandeln und Rosinen, das Dorpater »Studentenfutter«, mit, schaute nach allem, was in Küche und Schafferei, Stall und Kinderstube vor sich ging, fuhr auf die Nachbargüter, und wenn sie abends nach Hause kam, steckte sie voll der lustigsten

Geschichten, über welche die Großen bei Tisch schallend lachten, während Tipsy sich meistens vergeblich bemühte, herauszukriegen, was nun eigentlich so komisch war.

Aber Tante Addi verstand es, auch Tipsy die schönsten Dinge zu erzählen, Märchen oder »wie es in meiner Jugend herging«, was ebenfalls geradezu märchenhaft klang.

So war Tipsys seelisches und charakterliches Gedeihen von allen Seiten aufs beste umsorgt und umfriedet, und es konnte eigentlich nichts anderes aus ihr erblühen als eine ganz exemplarisch wohlgeratene Mädchenknospe.

Aber wie das im Leben so ist – gerade die Menschen, von denen man sich am meisten verspricht, führen manchmal ein verhängnisvolles Doppelleben. So auch Tipsy.

Wenn Mademoiselle um die Mittagsstunde in einem Lehnstuhl und einem broschierten französischen Roman versank und Fräulein Magnus sich in ihr Zimmer zurückzog, um ernstlich nachzudenken, dann blieb Tipsy nicht auf der Veranda sitzen, damit beschäftigt, ›Karl und Marie‹ zu lesen. Wie ein Wiesel schlüpfte sie die wenigen Holzstufen in den Garten hinunter, verschwand um die Hausecke, rannte hinter den dichten Jasmin- und Fliederbüschen entlang, bis vom Hause aus kein Mensch sie mehr sehen konnte, und wanderte dann aufatmend zur Pferdekoppel. Die zweijährigen Fohlen waren ihre besonderen Freunde. Auf ihren schlanken, blanken Rücken verstand sie sich zu schwingen, und dann, die Hände in die Mähne festgekrallt, die Schenkel eng an den warmen Pferdeleib gepreßt, jagte sie über die Koppel, nun selber in einen Gott, in einen jener Olympier verwandelt.

Der wellige, stellenweise moorige, stellenweise samtgrüne Boden der Koppel war das Antlitz der Erdkugel. Das abgefressene Gestrüpp wurde zum Hain, in dem Sylphen und Dryaden hausten, die modrige, zertrampelte Tränke war der Ozean, den ein Odysseus befuhr. Die Luft aber, die um das Gesicht wehte und das Haar zerzauste, die Luft war das Element, durch das man flog, grenzenlos glücklich, grenzenlos frei. Und über sich, mit Wolken, Bläue und Licht, nur der Himmel – grenzenlos ... bis das fliegende Roß, der herrliche, geflügelte Pegasus, plötzlich wie angewurzelt stehenblieb und man mit dem Gesicht in seine Mähne flog. Wenn man aufblickte, sah man vor sich die dunklen, blankgewetzten Balken der Umzäunung. Ach, auch die Grenzenlosigkeit hatte ihre Grenzen!

An anderen Tagen gelang es, das Heureka-Spielgewehr von Bruder Karluscha zu klauen. Dann ging der Streifzug weiter, hinter die Hofhäuser und die große Kleete bis an den Waldrand. Dort, unter einigen Eichen, war der Schweinepirk, und wenn es in seiner Nähe auch nicht gerade nach Maiglöckchen roch wie bei Mademoiselle, so gab es dort immerhin das edle Borstenwild zu erjagen. Die Patronen von Karluschas Gewehr bestanden aus einem Stäbchen mit Gummi-Saugnapf, und wenn es glückte, eine der suhlenden Sauen richtig auf ihre Breitseite zu treffen, dann war es äußerst possierlich zu beobachten, wie das verblüffte Tier versuchte, den haftenden Pfeil wieder loszuwerden.

Einer der niedrigen, breit ausladenden Äste der Eichen war als Hochsitz für dieses Jagdunternehmen besonders geeignet, und manche Stunde des Pan, in der alles zu ruhen schien, saß auch Tipsy ganz still und ohne zu zielen dort oben und horchte nur auf das Rieseln der Sonnenhitze zwischen den Eichenblättern. Alles schwieg, der Wald, die Wiese, das moosige Dach der Kleete, die Hofhäuser zwischen ihren verwilderten Fliederhecken. Sogar das Borstenwild lag und rührte sich nicht. In der flimmernden Luft aber stand ein Ton – man konnte ihn fast nur fühlen, nicht hören –, ein süßer, alles verzaubernder Flötenton.

Wenn man genauer hinhörte, konnte es vielleicht auch ein Pirol sein, der fern, fern aus den Gründen des Waldes rief. Hinter den Häusern und Parkbäumen standen nämlich, noch weiß und völlig harmlos, ein paar Gewitterwolken.

Es erwies sich leider, daß der Eichenhochsitz nicht ganz ohne Tücken und Gefahren war. Eines Mittags, als Tipsy gerade ihren Pfeil mitten auf das runde Hinterquartier einer Sau placiert hatte und mit Entzücken beobachtete, wie die alte, dicke sich bemühte, den betreffenden Körperteil an einem der Eichenstämme abzuwetzen, rauschte das Laub genau neben Tipsy auf, und ein dunkler Kopf erschien wie der Kopf eines Riesen, denn kein Mensch konnte so lang sein, daß er vom Erdboden bis zu Tipsys luftigem Hochsitz reichte.

Der Kopf sprach: »Groß ist die Diana von Ilgafer, ihr ward es vergönnt, das edle Wild aufs hintere Blatt zu treffen!«

»Ich heiße nicht Diana, sondern Tipsy«, sagte diese, die nach ihrem ersten Schreck begriff, der Riese sei ein Reiter und sogar ein bekannter Reiter, nämlich der Habichtshofsche Nachbar. Übrigens ein schon älterer Herr von etwa achtundzwanzig Jahren, denn wenn man selber zwölf Jahre zählt, sind achtundzwanzig Jahre ein beachtliches Alter.

Der Kopf neben ihr mit seiner blanken, schwarzen Locke, den dunklen Augenbrauen und dem modischen Bärtchen nickte, die Lippen unter dem Bärtchen lächelten, und dann sprachen sie: »Sehr wohl, also: Groß ist die Tipsy von Ilgafer! Und ich bitte, die olympischen Eltern zu grüßen, ich schaue nachher vielleicht herein.«

Tipsy erhob ihre Hand erschreckt zum Munde und blickte dem Habichtshofschen so dicht und glasklar in die Augen, daß dieser schon wieder zu lächeln begann. »Nein, nein«, sagte er beruhigend,

»ich werde schweigen wie das Grab. Ich weiß, was sich einer so verehrungswürdigen Persönlichkeit gegenüber gehört. Die Tipsy von Ilgafer kann sich auf mich verlassen.«

Er zog seinen Kopf zurück, lenkte sein Pferd, dessen goldbraune Flanken in der Sonne spiegelten, mit einem Schenkeldruck auf die Wiese hinaus, grüßte zu Tipsy hinauf, indem er die Reitgerte leicht an die Stirn hob, und trabte davon.

Nach diesem Erlebnis wagte Tipsy es mehrere Tage nicht, ihre Jagdgründe aufzusuchen. Aber es gab ja auch noch andere Vergnügungen, zum Beispiel das »Katte-rattas«, zu deutsch das Zweirad. Es war ein hochrädriger, flacher, leichter Karren, mit dem man abends schnell und bequem einen Haufen Grünfutter vom nächsten Feldrain heranholen konnte. Wenn nun einer der Knechtssöhne sich bereit erklärte, das »Katte-rattas« im Trabe über die Parkwege zu ziehen, dann konnte man sich selber draufstellen und träumen, man sei eine Zirkustänzerin, die schwebend und grüßend durch das Rund der Arena gefahren würde. Die Bäume am Weg waren das Publikum, sie neigten sich und applaudierten mit ihren grünen Ast-Händen. Die Fichten waren die alten Herren, Birken waren natürlich junge Mädchen; die Silberpappeln aber, die immer, auch im leisesten Windhauch, flüsterten und ihre Blätter regten, waren die Tanten, die dauernd etwas zu tuscheln hatten.

Auf einer dieser Fahrten hatte Tipsy es nicht beachtet, daß Fräulein Magnus von ihrem Giebelfenster aus Einsicht in den Park nehmen konnte. Von oben her erscholl der markerschütternde Schrei: »Maria-Gabriele, willst du dir das Genick brechen?!« Woraufhin der Knechtsjunge vor Schrecken stolperte, das »Katte-rattas« sich vornüberneigte und Tipsy tatsächlich auf den Sand des Weges flog.

Die mittäglichen Zirkusvorführungen nahmen also ein Ende mit Schrecken, und zur Strafe für Tipsy wurde Wanja, der russische Gymnasiast, der den Brüdern die schwierige Staatssprache beibringen sollte, beauftragt, in der Mittagsstunde mit Tipsy russisch zu lesen.

Gleich am ersten Tage wanderten beide mit ihrem Buch einträchtig zum Ententeich hinter der Brauerei. Dort gab es Kaulquappen und junge Frösche in Massen, und um Tipsy recht zu imponieren, zeigte ihr Wanja, wie man junge Frösche lebendig verschlucken konnte. Tipsy bekam ihre glasklaren Augen, und dann rannte sie einfach davon, Wanja mit seinem Buch und seinen Fröschen sich selbst überlassend. Dieser war es zufrieden. Er setzte sich ins Gras unter eine der Weiden und begann allein zu lesen.

Tipsy hingegen flüchtete zum Roggenfeld. In einer seiner Buchten war nichts anderes zu sehen als nur die jungen, grünen Ähren, die sich auf ihre

Blüte vorbereiteten, und darüber der blaue Himmel. Hier lag sie mäuschenstill, bis die Panstunde vorübergegangen war und man sich mit Anstand zum Kaffeetrinken einfinden konnte.

Bei dieser Handhabung der Dinge blieb es. Wanja erzählte beim Kaffee munter, was sie gelesen hätten, und Tipsys Doppelleben war gerettet. Die Großen wußten nicht, wie gut das war. Aber Tipsy wußte es, denn es war das Glück ihrer Tage.

Schon in jenen guten alten Zeiten war es so, daß die Jahre vergingen und die Kinder heranwuchsen. Auch Tipsy wurde mit jedem Sommer älter. Sie begann, sich im Spiegel zu betrachten, und meinte, sie müsse ihre Haare endlich aufstecken. Bis dahin waren sie, von einem schwarzen Band über der Stirn gehalten, lose über ihren Rücken gefallen. Sie begann, in die broschierten Romane von Mademoiselle hineinzuschauen und den Mond für das herrlichste und wehmütigste Gestirn des Weltalls zu halten. Sie begann, sich für die Jugend der Nachbargüter zu interessieren, und wanderte versonnen durch den Park zum Tennisplatz, der nach den neuesten englischen Richtlinien für ihre Brüder angelegt worden war. Sie setzte sich auf die Bank am Rande dieses neumodischen Spielplatzes und schaute zu, wie die Brüder und ihre Freunde sich mit Schlägern weiße Bälle zuwarfen. Es schien ihr wie eine gewalttätige Abart von Federball, ein

Spiel, das sie mit Mademoiselle früher auf dem Rasenrondell vor dem Hause gespielt hatte. Sie betrachtete die jungen Männer mit vergnügter Neugierde, wie sie da sprangen und rannten und schlugen und sich englische Zahlen zuriefen. Daß sie selber hätte mitspielen können, auf diesen Gedanken kam sie überhaupt nicht.

Einmal war auch der Habichtshofsche Nachbar auf dem Tennisplatz, jetzt schon ein älterer Herr von etwa zweiunddreißig Jahren. Komisch – Tipsy betrachtete ihn heimlich von der Seite und wunderte sich, daß er ihr heute jünger erschien als damals auf dem Schweinehochsitz. Er saß neben ihr auf der Bank, schlug Bein über Bein, rauchte eine Papyros und rief den Spielern auf dem Platz kritische Bemerkungen zu. Offenbar kannte er das Spiel, vielleicht hatte er es sogar im Ausland gelernt! Er hatte ein dunkel gebräuntes Gesicht mit einer gebogenen Nase, glänzende Augen, die den Bällen lebhaft folgten, und unter dem schwarzen Bärtchen einen Mund, den selbst die unschuldsvolle Tipsy als höchst ironisch empfand. Sie wandte die Augen weg und blickte in die Wipfel der Tannen, die den Tennisplatz umstanden. Sie waren golden-grün und der Himmel seidenblau. – Nein, mit diesem dunkelhaarigen Onkel aus Habichtshof wollte Tipsy nichts zu tun haben!

Da kam ein Ball, den Karluscha falsch geschlagen, mit scharfem Sausen auf die Bank zugeflogen.

Tipsy fing ihn aus der Luft, ehe er das Gesicht ihres Nachbarn hätte treffen können, und warf ihn in hohem Bogen auf den Platz zurück.

Der Habichtshofsche wandte seinen Kopf mit den aufglänzenden Augen Tipsy zu, erhob sich ein wenig von der Bank, machte eine winzige Verbeugung und murmelte: »Groß ist die Tipsy von Ilgafer...« Dann setzte er sich wieder und beobachtete das Spiel weiter, als ob es auf der ganzen Welt keine Tipsy gäbe.

»Ekel...«, dachte Tipsy, die knallrot geworden war, und drei Minuten später stand sie auf, machte einen kleinen Knicks zum Habichtshofschen hin, wie sich das bei einem Onkel gehört, und wanderte schüttelnden Haares fort in den Park hinein.

Noch eine Eigenschaft entwickelte sich in Tipsy, die bis dahin nur kaum bewußt zu ihrem Wesen gehört hatte: sie begann mit größter Aufmerksamkeit die Gespräche zu verfolgen, welche die Großen bei Tisch miteinander führten. Es konnte passieren, daß sie beim Tee-Einschenken vergaß, den Hahn des Samowars zuzudrehen, und daß das heiße Wasser dampfend über den Tassenrand floß. »Aber, Maria-Gabriele, paß doch auf!« rief Fräulein Magnus vorwurfsvoll. Sie ahnte nicht, wie gut Tipsy aufgepaßt hatte!

Wenn die großen Brüder, die jetzt schon Studenten waren, aus Dorpat erzählten, gingen Tipsy neue Welten auf. Da gab es im Frühling Mollatz-

Kommerse und Blumenkorsos und im Winter eine Schlittschuhbahn, auf der die jungen Mädchen Hand in Hand mit den Studenten Bogen laufen durften. Da gab es Konzerte, nach denen die Studenten die Pferde des Zweispänner-Schlittens ausspannten, um die Sängerin im Triumphzug selber ins Hotel zu fahren. Da gab es Bälle und Burschentheater und Fuchsaufnahmen mit dem »Landesvater« ... Daß es in Dorpat auch noch eine Universität gab, geriet eigentlich ganz in Vergessenheit.

Aber auch wenn die Brüder nicht da waren und Tante Addi von den Nachbargütern erzählte, war es spannend genug. Wie artig zum Beispiel die Kustumäggischen Kinder waren, die reinsten Tugendbüchsen, erzogen wie die jungen Jagdhunde! ... Und Fee, die Adalsholmsche Tochter, die stundenlang mit dem jungen Berg durch den Park wandelte ... »Der junge Berg hat jetzt das Beigut seines Vaters selbständig übernommen, und folglich ist er ein ernsthafter ›Epouseur‹ – wenn da sich nicht etwas anspinnt ...«

Tipsy senkte die Augen auf ihren Teller und steckte sich gedankenvoll ein Stückchen Butterbrot in den Mund. Was war ein Epouseur? Und was sollte sich anspinnen?

Nach dem Essen zog sie ihre Tante Addi in eine der Fensternischen des Eßzimmers. »Sag, Tante Addi, was ist ein ›Epouseur‹?« fragte sie mit großen, ernsten Augen.

Tante Addi wollte sich ausschütten vor Lachen. »Wai, Herzchen«, rief sie, »das weißt du noch nicht? Nun, ein Epouseur ist kein Student mehr, mit dem man einfach flirten kann. Er ist ein fertiger, selbständiger Mann – junge Mädchen müssen sich vor ihm in acht nehmen!«

Also so war das: vor Epouseuren sollte man sich in acht nehmen. Und Fee hatte das offenbar nicht getan.

Heute abend ging es nun um den Habichtshofschen, der beim Tennis zugeschaut hatte. Er hieß übrigens Bodo, und Tipsy dachte, die Nase krausend, der Name passe zum Ekel. Dennoch horchte sie doppelt so aufmerksam wie sonst zum oberen Ende des Tisches hinüber, was ihr eine Rüge von Fräulein Magnus eintrug: »Maria-Gabriele, die Gespräche der Erwachsenen sind überhaupt nicht interessant. Denk lieber an deine Geographiearbeit.«

Nun, Fräulein Magnus mochte sich ruhig einbilden, die Geographiearbeit sei interessanter als die Gespräche. Tipsy wußte das besser. Und sie erfuhr an diesem Abend Außerordentliches! Auch der Habichtshofsche war ein Epouseur, dazu noch der reichste in der Umgegend. Aber er schien nicht an die Erfüllung seiner Epouseurspflichten zu denken, im Gegenteil, er fuhr jedes Frühjahr ins Ausland, nach Monte Carlo, und vergeudete dort sein Geld in der unsolidesten Weise. Außerdem sei er ein Schürzenjäger – dieses wurde ganz leise geflüstert –, aber wohlaussehend, das müßte man ihm lassen. Die interessanteste Erscheinung weit und breit …

Von diesem Abendessen stand Tipsy mit gesenkter Stirne auf, und zwar nicht wegen der Geographiearbeit. Die Botschaften aus dem Reich der Erwachsenen, zu dem nun auch die Brüder mit ihrem leichtfertigen Mundwerk gehörten, hatten sie tief verwirrt. Sie konnte nicht umhin, Tante Addi noch einmal in die Fensternische zu ziehen, um sie auszufragen: »Sag mir doch, womit vergeudet der Habichtshofsche sein Geld auf so unsolide Weise in Monte Carlo?«

Wie ein Orakel klang die düstere Antwort: »Er spielt, mein Kind.«

Tipsys Augen wurden ganz rund. »Er spielt …«, murmelte sie, und sie begriff nicht, inwiefern man mit dieser fröhlichen und unschuldigen Tätigkeit, die ihrem Herzen so nahe stand, sein Geld vergeuden konnte. Kinder spielten, und freundliche Erwachsene spielten manchmal auch mit. Allerdings *ein* Spiel gab es, das etwas mit Geld zu tun hatte, in Tipsys Welt natürlich nur mit Spielgeld. Das war das Kartenspiel ›Müller-Matz‹. Wenn die großen Brüder mitspielten, konnte man dabei sogar beträchtlich verlieren. Tipsy war einmal ganze fünf Rubel losgeworden.

Tante Addi hob das Gesicht der verstummten

Tipsy mit zwei Fingern am Kinn in die Höhe und fragte: »Noch etwas, mein Herzchen?«

»Ja, Tante Addi«, flüsterte der kindliche Mund. »Was für ein Jäger ist der Habichtshofsche außerdem?«

Tipsy sah deutlich, daß in Tante Addis ohnehin vergnügten Augen zwei besonders lustige Fünkchen aufglühten. Trotzdem antwortete sie ernsthaft: »Er ist ein ausgezeichneter Jäger, ein ganz großer Nimrod! Wenn du einmal in die Vorhalle seines Hauses kommst, dann wirst du sehen, wie viele Elchschaufeln, Rehgehörne und ausgestopfte Auerhähne er dort aufgehängt hat.«

»Und die Schürzen?« fragte Tipsy.

Tante Addi schien verblüfft. Nach einer kleinen Pause sagte sie: »Die hat er wahrscheinlich nicht aufgehängt«, dann wandte sie sich schnell um und ging zu den anderen Großen, die sich bereits auf der Veranda um die Lampe versammelt hatten. Dunkle Nachtfalter flogen um die weiße Kuppel.

Tipsy merkte deutlich, daß Tante Addi bei ihrem schnellen Abgang ein Lachen verborgen hatte. Also sagte auch sie nicht alles, was es zu sagen gab. Man mußte allein mit den überwältigenden Neuigkeiten fertig werden, die so ein Tag einem in den Weg zu werfen beliebte …

Tipsy zögerte noch einen Augenblick. Aber da niemand nach ihr rief, wanderte sie unauffällig an der Verandatür vorbei zur Treppe und in ihr

Zimmer hinauf. Hier holte sie aus den Tiefen einer Schublade ein in Leder gebundenes Heft. Es war ihr Tagebuch. Auch dies war etwas Neues: sie hatte seit einiger Zeit begonnen, Tagebuch zu schreiben – und die Ausbeute des heutigen Tages war groß.

Draußen in der weißen Nacht sangen die Sprosser im Park, und das Korn in der Roggenbucht blühte auf. Tipsy aber sah vor ihrem geistigen Auge den Habichtshofschen, das Ekel, wie er auf einer Klippe der Riviera saß und mit dem Fürsten von Monaco ›Müller-Matz‹ spielte …

Im Herbst dieses Jahres war Tipsys siebzehnter Geburtstag, und nach Neujahr bekam sie ihre erste Einladung zu einer Hochzeit. Zwischen Fee, der Adalsholmschen Tochter, und dem jungen Berg hatte sich eben doch was »angesponnen«, wie Tante Addi es nannte. Zu Weihnachten wurde die Verlobung veröffentlicht, und in der Butterwoche* wollten sie heiraten. Tipsy sollte sogar Brautjungfer sein, und Leo, Fees Bruder, war ihr Brautführer.

Die Brüder stellten ihre kleine Schwester, die nun auf einmal erwachsen sein sollte, mitten in den Saal unter den Kronleuchter, um sie zu begutachten. Sie mußte sich langsam in die Runde drehen und die kritischen Bemerkungen über sich ergehen

* Butterwoche = die Woche vor dem Beginn der Passionszeit

lassen: »Noch etwas zu lange Beine ...«, »Noch etwas zu dünne Arme ...«, »Augen recht vielversprechend«, »Taillenweite gut«, »Haare müssen besser gekämmt werden!«, »Babymund!« Das abschließende Urteil lautete endlich: »Ein Fohlen von guter Rasse.« Karluscha fügte noch hinzu: »Daß aber Leo sich ausgerechnet so ein Fohlen ausgesucht hat ...« Raimund, der Älteste, klopfte sich eine Papyros auf dem Handrücken zurecht und äußerte sachlich: »Doch, kann ich verstehen!«

Tipsy drehte sich auf ihren Zehenspitzen mit hochroten Wangen und strahlenden Augen aus dem Saal hinaus, und im Speisezimmer begann ihr Babymund zu singen: »Ich bin Brautjungfer, ja, Brautjungfer ...«

Das Leben hatte seine Pforten plötzlich geöffnet. Wie ein Teppich voller Blumen lag es dahinter, man brauchte nur hineinzuwandern, nein, hineinzutanzen, um zu erfahren, wie herrlich es war. O großes, geheimnisvolles, längst erwartetes Leben!

Tipsys Eltern konnten leider nicht mit zur Hochzeit fahren, da der Landtag in Riga vor der Türe stand und Papa vorher dort noch allerhand erledigen mußte. Aber Tante Addi war natürlich mit tausend Freuden bereit, Mutterstelle bei Tipsy zu vertreten und das Kind bei seinem ersten Eintritt in die Welt zu »chaperonieren«.

Und so wurden also zwei zauberhafte Ballkleider genäht – man bemühte dafür sogar die bekannteste Schneiderin aus Dorpat –, und Tipsy bekam Gelegenheit, sich in die Fragen der Eitelkeit zu vertiefen. Sie waren ihr völlig neu! Ob Rosa, ob Weiß oder Hellblau? Vielleicht auch Fliederfarbe? Knisternde Seidenstoffe wurden ihr unters Kinn gehalten oder über die Schulter geworfen. Modehefte wurden von vorn nach hinten und von hinten nach vorn mit feuchtem Finger durchgeblättert, künstliche Blumen, Bänder und Spitzen wurden hervorgeholt, verworfen und wieder hervorgeholt. Der Fußboden knirschte von Stecknadeln, und schließlich lagen die herrlichen, schmiegsamen, glänzenden Seidenstoffe auf dem Schneidertisch. Die blanke Schere begann sich – schnippschnapp – in sie hineinzufressen. Wie gesagt, es wurden zwei zauberhafte Ballkleider, weiß und hellblau. Dieses, für die Kirche, sogar mit einer kleinen Schleppe. Dafür hatte es oben etwas weniger, und Tipsys Hals stieg weich und kindlich aus den Schultern empor, von denen man auch etwas zu sehen bekam.

Tipsy konnte sich nicht genug vor dem großen Spiegel im Saal – Trumeau nannte man so etwas – herumdrehen und ihr Kleid, aber wahrscheinlich auch sich selbst, bewundern.

Draußen, über Garten, Rasenplätzen und Park, ja, noch viel weiter, über den Feldern und dem Wald, lag die unabsehbare weiße, weiße Schneedecke.

Auch Tipsys Polterabendkleid war weiß wie der Schnee. Aber anders als bei diesem, blühte aus ihm ein Kranz rosiger und hellgelber Röschen hervor, die sich um den Ausschnitt schmiegten. Mama kam und legte Tipsy eine schmale Perlenkette um den Hals. »Die darfst du diesmal tragen, mein Kind«, sagte sie. Das Kind küßte ihr überwältigt die schöne, etwas gepolsterte Hand. So also war es, wenn man erwachsen wurde ...

Endlich kam auch der ersehnte Morgen, an dem man nach Adalsholm fahren durfte. Drei Tage des Abenteuers, des Erwachsenseins, des völlig Neuen standen bevor. Tipsy war ganz blaß, so tief bewegte sie das noch nie Erlebte. Als der Schlitten schon vor der Tür hielt und die Koffer, in denen die zauberhaften Kleider ruhten, hinten aufgeschnallt wurden, rannte Tipsy noch einmal nach oben in ihr Zimmer, zog ihr Tagebuch aus der Schublade hervor, verbarg es am Busen unter ihrem Pelzchen, und dann ließ sie sich, stumm vor Seligkeit, in die Felldecken des Schlittens einpacken.

Es war ein trüber Tag, der Himmel schiefergrau, viel dunkler als die Felder, Schneefall stand bevor. Der Kutscher schob vorsorglich das Verdeck über den Schlitten. So saßen Tante Addi und Tipsy tief verborgen hinter Fell und Leder wie in einer Kibitka*, und als die Pferde anzogen und die

* Kibitka = russischer geschlossener Schlitten

Schellen aufklangen, ahnte Tipsy es nicht, daß das Glück nicht immer *so* zu einem kommt, wie man sich das vorstellt.

An diesem Morgen stand auch Pastor Ruhland, in seinen Fahrpelz gehüllt, die Fellmütze auf dem Kopf, am Fenster seines Vorzimmers und schaute ins verhangene Land unter dem dunklen Himmel. »Es wird viel Schnee geben«, sagte er sich. »Es ist gut, daß ich meinen freundlichen Patronatsherrn gebeten habe, mich nach Adalsholm mitzunehmen.«

Pastor Ruhland hatte alle Kinder der Umgegend getauft und konfirmiert, auch Tipsy und ihre Brüder. Er war jetzt ein älterer Mann, es strengte ihn an, sein Pferd allein durch den Tanz eines Schneegestöbers zu lenken. Die Ränder des Weges verschwammen im Flockengewirbel. Damit mochten jüngere Augen sich beschäftigen, und der Patronatsherr, der Habichtshofsche Baron Hagen, mußte ohnehin am Pastorat vorbeifahren. Wenn er nur auch käme! Man brauchte mindestens zwei Stunden bis Adalsholm. Nun, die Renner vom Habichtshofschen schafften es vielleicht auch in anderthalb, aber zum Mittagessen wollte man doch gerne dort sein. So ein ungezwungener Auftakt zu einem Fest war manchmal das Allerbeste von der ganzen Sache. Genauso wie die Sakuska vor dem Essen. Pastor Ruhland war kein Verächter all der guten und fröhlichen Dinge, die Gott auf seiner Erde gedeihen ließ.

Er richtete sich zu seiner stattlichen Größe auf, schob den hochgeschlagenen Fellkragen vom Ohr und horchte. Klangen da nicht Schlittenglocken leicht und höchst verlockend durch den düsteren Morgen? Pastor Ruhlands Gehör hatte noch in keiner Weise nachgelassen. Seine Bauern behaupteten, in der Kirche höre er die Flöhe husten, und es gab viele Flöhe in landschen Kirchen. Wenn nun gar so ein Menschenkind anfing, mit seinem Banknachbarn zu flüstern, dann konnte es vorkommen, daß die Predigt stockte und der Pastor mit zum Himmel erhobenem Blick sprach: »Reden ist Silber, Schweigen ist Gold. Das Silber habe ich nun auf mich genommen, damit ihr das Gold scheffeln könnt. So tut es auch!« Danach ging die Predigt weiter.

Aber nun kam auch schon Katti, die Haushälterin, hereingelaufen und verkündete: »Paron kommt!« Um die Vorfahrt schleuderte leicht der Schlitten des Habichtshofschen.

Es war ein leichter, bequemer Schlitten für zwei Personen, und wie gewöhnlich lenkte der Baron selber seine Schimmel mit den gebogenen Hälsen und den gewellten Mähnen. Die standen nun vor der Tür des Pastorats, scharrten mit den Hufen, bissen in das Zaumzeug und schienen es nicht abwarten zu können, bis der alte Riese mit seinem Fahrpelz, seinen Filzstiefeln und seinem schwarzen Ledersack, in dem Talar und Nachthemd einträchtig beieinander ruhten, eingestiegen war.

Katti hatte die Wolldecke kaum um die Füße ihres Herrn feststopfen und dann die blaue, pelzverbrämte Schlittendecke darüberspannen können, da zogen diese Biester auch schon an, und Katti wäre um ein Haar in den Schnee geflogen.

Ja, diese Biester hatten ein anderes Tempo als des Pastors braune, bejahrte Stute. Sie sausten an den verschneiten Hecken der Gesinde*, an den Wiesen, Waldstücken und Werstpfosten vorbei, und der Fahrtwind stob einem um die Nase. Kein Wort konnte man sprechen! Das war es aber eigentlich gewesen, worauf Pastor Ruhland sich heute am meisten gefreut hatte: einmal wieder ein paar Worte mit einem weltläufigen und gebildeten Mann sprechen zu können. Diese langen, dunklen Winter waren doch mitunter gar zu einsam in einem weiträumigen Pastorat, aus dem die Frau fortgestorben war und die Kinder längst ihre eigenen Familien gegründet hatten.

Zum Glück fing es bald an zu schneien. Zuerst flogen nur vereinzelt Wolken wie kleine, weiße Schmetterlinge aus dem dunklen Himmel herunter. Man mußte sich geradezu wundern, daß ein so dunkler Himmel so weiße Flocken hervorbringen konnte. Dann wurden der Flocken immer mehr,

* Gesinde = Bauernhof, Landstelle

die ganze Luft wimmelte von Flocken, weiße Sterne setzten sich zu Hunderten auf die blaue Schlittendecke, Wimpern und Augenbrauen hingen bald voll Schnee, den der Fahrtwind hineinpreßte, und der Habichtshofsche, den dieses ebenfalls stören mochte, verlangsamte die Gangart seiner Biester.

»Na, Gott sei Dank«, sagte der Pastor. »Jetzt fühle ich mich endlich wieder wie ein normaler Mensch, der den Mund auch mal auftun kann!«

Sein junger Patronatsherr wandte ihm das vom Fahrtwind gerötete Gesicht zu. Unter den weißen verschneiten Augenbrauen wirkten seine Augen pechschwarz, und der Mund unter dem dunklen Bärtchen wölbte sich von der seit einer halben Stunde aufgespeicherten Lust am Necken. Er erwiderte mit unnachahmlicher Höflichkeit: »Verzeihen Sie mir, verehrter Seelenhirte, ich hätte früher daran denken sollen, daß Sie das Mundauftun schon von Berufs wegen nicht lassen können.«

Pastor Ruhland lachte. »Und Sie können das Pliggern nicht lassen! Aber Sie haben ja recht. Ein Pastor, der seinen Mund nicht auftäte, wäre genauso fehl am Platze wie ein Majoratsherr, der keine Kinder hat.«

»Eins zu eins«, stellte der Habichtshofsche fest und wandte sich wieder seinen Pferden zu. Sein Mund, den schon die unschuldsvolle Tipsy höchst ironisch fand, lächelte, aber Pastor Ruhland dachte, dieses Lächeln sei um eine kleine Nuance zu ernst. »Bin ich ungeschickt gewesen?« fragte er. »Aber ich glaubte, dieses Thema sei unter uns doch schon zu einem *stehenden* Thema geworden ...«

Die Augen des Habichtshofschen blitzten für einen Augenblick zum Pastor hinüber. »Auch ›stehende Themen‹ haben ihre Tage«, antwortete er.

Es entstand eine Pause, in der nur die Schlittenschellen am Zaumzeug der beiden Schimmel redeten. Die Flocken fielen lautlos und verhüllten die Welt. Die Kufen des Schlittens glitten lautlos über den vom Neuschnee gepolsterten Weg.

Schließlich griff der Baron das »stehende Thema« doch wieder auf. »Scherz beiseite, verehrter Pastor, es ist völlig richtig: was soll ein Gut wie Habichtshof ohne Erben? Ich dachte es eben vor der Abfahrt, als ich über den Wirtschaftshof ging. Irgendein Knabe, ein Neffe dritten Grades, wird es übernehmen, wenn über meinem Sarg der Schild zerbrochen ist. Er wird es übernehmen, nicht weil er es liebt, sondern weil es eine Mordserbschaft ist. Ich selber habe es aber gerade in den letzten zwei, drei Jahren gelernt, daß so ein Gut geliebt werden muß. Ja, ja, ich habe es etwas spät gelernt, früher gefiel es mir in Habichtshof nur während der Auerhahnbalz. Überall in der Welt schien es mir interessanter. Aber Sie wissen es auch – späte Lieben pflegen um so heftiger aufzutreten ...«

»Ich bin erstaunt, lieber Baron Hagen«, murmelte Pastor Ruhland. »Ich wüßte nicht, wann ich Sie schon je so sprechen gehört hätte ...«

»Ja, es ist eine tiefe Besinnung, die mich ergriffen hat«, spottete der Habichtshofsche.

»Gewiß«, bekräftigte Pastor Ruhland. »Und das ist gar nicht lächerlich. Ihre Güter bedürfen der Erben, und Ihr Haus bedarf der Frau. Ob Sie selber einer Frau bedürfen, ist allerdings eine andere Frage ...«

»Ja, eine sehr andere Frage«, unterbrach der Habichtshofsche den Älteren. »Der holden Minne bedarf ich wohl. Aber des festgeschmiedeten Eheringes?«

»Immerhin ist der festgeschmiedete Ehering aus Gold«, rief Pastor Ruhland.

Doch schon wieder schaltete sein Nachbar sich ein: »Reden Sie nicht von Gold! Mütter und Tanten des Landes haben hier neulich festgestellt, ich sei ein goldener Vogel ... Und da es ja ihre Lieblingsbeschäftigung ist, Ehen zu stiften, so hegen sie für mich längst die verlockendsten Pläne.«

Pastor Ruhland schüttelte mißbilligend den Kopf, so daß der Schnee von seiner Pelzmütze flog. »Sie denken zuviel an sich selber, hochverehrter Patronatsherr«, brummte er, »ich wollte nämlich nicht von Ihnen sprechen, sondern von der Ehe im allgemeinen. Ich wollte sagen, sie sei eine Fessel zwar, aber eine goldene. Das heißt, eine edle und notwendige Fessel. Eine Fessel der Selbstzucht. Wie lebt man denn ohne die eheliche Zucht? Ich spüre es an mir selber, seit ich allein bin. Na, und Sie erst, Sie Musterbeispiel des munteren Junggesellen! Man tut, was man mag, und seien es auch die edelsten Liebhabereien, und man denkt meist an sich selber. Aber so eine kleine Frau – Sie sollen es mal erleben, wie die einen dazu bringt, an *sie* und nicht an sich zu denken!«

Der Habichtshofsche nickte. »Eben, eben. Darum übe ich Zurückhaltung ...« »Und bleiben Ihr Leben lang der alte ich-bezogene Hagestolz«, wetterte der Pastor. »Der Grund, daß man an seine Frau denkt, liegt nämlich nicht bei ihr, sondern bei einem selber. Man denkt an sie, weil man sie liebt. Oder werden Sie ohne Liebe heiraten?«

»Lieber Pastor, ich heirate überhaupt nicht«, antwortete der Habichtshofsche. »Trotz Aussicht auf Majoratserben, geordneten Haushalt und eheliche Zucht. Die viel zu vielen Mädchen der Welt ... Nein, da müßte schon ein Wunder geschehen! Aber Ihr lieber Gott ist in der letzten Zeit mit Wundern recht sparsam geworden.«

»Man muß nur aufpassen und hinhorchen«, sagte der Pastor und wurde ernst. »Haben Sie es noch nie bemerkt, daß ein Wink Sie erreicht, irgendein Hauch, der völlig anders schmeckt als die sonstigen Ereignisse des Tages? Es können die kleinsten Kleinigkeiten sein, das Wort eines Knechtes, der Ausdruck eines Gesichtes, das Scheuen eines Pferdes – aber plötzlich wird Ihnen eine Barriere vorgehalten und Sie müssen zögern, tief einatmen, sich besinnen. Wenn Sie sich dann richtig besinnen …«

»Halt, halt, bester Pastor, so etwas habe ich wirklich noch nie bemerkt! In meinem Leben ist immer alles höchst nüchtern und diesseitig vor sich gegangen«, meinte Hagen. »Der liebe Gott hat mich ausgelassen.«

»Er läßt niemanden aus«, brummte Pastor Ruhland schon fast ärgerlich, »er hat Sie in seiner Güte nur wahrscheinlich stets zu sehr verwöhnt. Sie haben es nie nötig gehabt, zu fragen und hinzuhorchen. Aber Sie sollten anfangen, darüber nachzudenken.«

Die beiden Männer schwiegen wieder. Die Schimmel trabten, die Schellen klangen, der Schnee fiel. Die Büsche am Wegrand huschten vorüber wie erschreckt und in weiche Tücher vermummt. Die Felder verschwammen, vom Himmel war nichts zu sehen.

Dann nickte der Habichtshofsche. »Lieber Pastor Ruhland, ich danke Ihnen für die Philippika! Ich habe sie verdient, und ich fühle mich genauso wie einst in der Konfirmationsstunde. Ich fürchte, ich habe Ihnen schon damals einige Sorgen bereitet.«

»Ja«, seufzte der Pastor. »Es *fiel* Ihnen alles zu leicht und infolgedessen *nahmen* Sie alles zu leicht.

Und so ungefähr scheint es bis heute geblieben. Die Welt steht Ihnen offen, das große Welttheater, und Sie schauen belustigt zu. Die vielen Mädchen sind Ihnen eine leichte Beute, und so sind auch sie Ihnen eines ernsthaften Gedankens nicht wert. Ihr Geld – Sie brauchten es nicht selber zu erarbeiten, und so verstreuen und verspielen Sie es, als ob niemals Schweiß und Mühe daran geklebt hätten. Es ist Ihnen stets zu gut gegangen. Verzeihen Sie Ihrem alten Pastor diese Worte!«

»Ja, es ist mir stets gut gegangen«, bestätigte der Habichtshofsche. »Aber bin ich denn schuld daran, daß ich so verwöhnt worden bin?«

»Um des Himmels willen, wie sollte ich alter Sünder Ihnen eine Schuld zumessen!« rief Pastor Ruhland erschrocken, und wenn seine Hände nicht so fest in den Ärmeln seines Pelzes gesteckt hätten, er hätte sie beschwörend erhoben. »Nur aufmerksam machen möchte ich Sie, nur einen Rat geben! Schauen Sie nicht nur zu mit Ihrem spöttischen Lächeln, *horchen* Sie vielmehr, geben Sie acht, auch Sie werden dann von den Winken Gottes erreicht werden. Er läßt auch Sie nicht aus. Fangen Sie noch heute an, ich bitte Sie, und nehmen Sie ernst, was Ihnen zustößt. Sie haben schon einen reichlich großen Teil Ihres Lebens nur mit Lächeln bewältigt …«

Der beschwörende Ton des alten Seelsorgers erschien dem Habichtshofschen sowohl rührend wie komisch. Aber das Rührende überwog. »Vielleicht ist dieses schon der erste Wink«, dachte er, und er verbiß das Lächeln, das mit diesem Gedanken zugleich in ihm aufsteigen wollte. »Wenn ich nicht die Zügel hielte, würde ich Ihnen meine Hand darauf geben, daß ich von nun an aufpassen will«, sagte er mit spontaner Wärme. »Heute auf dem Polterabend will ich damit anfangen ...« Und nun mußte er doch wieder lächeln.

Der Polterabend war natürlich nicht viel anders, als solche Feste immer auf einem estländischen Gut zu sein pflegten. In der Dämmerung begann die Anfahrt der Schlitten. Auf den breiten Stufen unter dem Säulengiebel von Schloß Adalsholm gab es ein Schütteln und Klopfen, denn es schneite noch immer, und Pelze und Mützen waren voll Schnee. Die letzten Gäste erzählten bereits, ihre Pferde seien nur langsam durch die knietiefen Wehen vorwärts gekommen.

Im Vorzimmer spielten sich unterdessen die lautesten, fröhlichsten und lachendsten Begrüßungen ab. Aus den Pelzrotunden entwickelten sich würdige, in Atlas oder Spitzen gehüllte Gestalten, Diademe blitzten in hochtoupierten Frisuren, Herren im schwarzen Anzug standen vor den Spiegeln, zogen sich die Binder zurecht und glätteten Scheitel, und junge Mädchen, wie Trüppchen goldblonder Schlüsselblumen im Frühling, tuschelten miteinander hinter vorgehaltenem Spitzentaschentüchlein. Koffer wurden hereingetragen, und die Mamsell an der Treppe dirigierte das Gepäck der Logiergäste in die entsprechenden Fremdenzimmer.

Unter diesen Koffern war auch derjenige, welcher Tipsys zauberhafte Ballkleider enthielt. Sie aber hatte sich soeben rosig und blitzäugig aus ihrem Schlitten entpuppt, war von Fee und ihrer Mutter in die Arme geschlossen worden und stieg jetzt hinter Tante Addi die blankpolierte Mahagonitreppe hinauf, um sich in ihrem Zimmer umzukleiden. Um fünf Uhr sollte die feierliche Kaffeetafel beginnen.

Tipsy fand es, je länger, je mehr, einfach himmlisch, erwachsen zu sein. Sie legte ihr teures Tagebuch auf das Nachttischchen neben dem Bett, dann schlüpfte sie aus dem Reisekleid, und hinein ging es mit hocherhobenen Armen in das weiße, rosenbekränzte Gewand, das Tante Addi ihr entgegenhielt.

Der Kamm lockerte die braunen Haare, Eau de Cologne sprühte über Hals und Arme, die Perlenkette mit ihrem blitzenden Schloß schnippte zu, genau dort, wo im Nacken ein Löckchen sich hinunterwand, und die neue, ihrer Puppenhülle entschlüpfte Balldame stand vor dem Spiegel, der über der Kommode hing.

»Tante Addi, oh, Tante Addi, sei ehrlich, bin ich wirklich schön genug?« fragte sie mit klopfendem

Herzen und betrachtete ängstlich ihre Nase, die, etwas kurz, einen lustigen, winzigen Schwung zum Himmel aufwies.

Tante Addi klopfte ihr liebevoll auf den Nacken. »Sei ruhig, Kindchen, wenn ich früher so ausgesehen hätte wie du, hätte ich bestimmt auch einen Mann bekommen!«

»Ach, einen Mann ...«, wies Tipsy ihre Tante zurecht, »aber tanzen will ich!«

Nun, in dieser Beziehung gingen Tipsys Wünsche in Erfüllung. Sie tanzte. Nicht nur mit Leo, ihrem Brautführer von morgen. Sie tanzte mit allen Herren, die überhaupt dafür in Frage kamen, sogar mit den alten, die beim Walzer etwas hopsten und die eigentlich sonst nur die würdigen, atlasnen Damen zu einer gravitätischen Runde herausführten. Tipsy wußte es nicht, aber ihre knospenhafte Jugend rührte alle Herzen.

Einmal kam sogar Bodo, das Ekel, verneigte sich genauso tief wie vor einer erwachsenen Dame, doch er konnte es natürlich nicht lassen, dabei zu murmeln: »Nicht nur groß, sondern auch schön ist die Tipsy von Ilgafer ...«

Tipsy hätte ihm daraufhin gerne die Zunge gezeigt, aber sie war ja jetzt erwachsen, und sie wußte, was sie diesem ersehnten Zustand schuldig war.

Übrigens hopste der Habichtshofsche nicht wie die älteren Herren, im Gegenteil, der Walzer mit ihm war geradezu berauschend, ein einziger

Schwung, und nur die Kronleuchter über einem drehten sich wie verzaubert mit ihren unzähligen gelben Kerzenflammen. Leider klang in diesen selbstvergessenen Augenblick hinein die Stimme des Ekels: »Und was machen Ihre Jagdgründe beim Schweinepirk? Ich habe die große Diana niemals wieder getroffen ...«

Als Tipsy nach diesem Walzer zu ihrem Brautführer Leo zurückkehrte, war sie froh, ihren Tänzer los zu sein. Aber das Gesicht ihres Herrn erschien ihr komischerweise plötzlich sehr glatt, blauäugig und nichtssagend.

Unterdessen ging draußen unter den Fenstern des Saales ein Krachen und Klirren an, daß Tipsy das Herz stillstand. Die Gutsleute zerschlugen Massen längst angesammelten Geschirrs, um ihrem Fräulein möglichst viel Glück in der Ehe zu sichern. Alles drängte zu den Fenstern, und die Braut in ihrem rosa Spitzenkleid trat auf den Balkon, um zu danken und die Gutsleute zu einem Umtrunk in die Gesindestube zu bitten. Fackeln flammten und Hochrufe ertönten. Es schneite noch immer.

Tipsy stand an den Pfosten der Balkontür gelehnt und trank das schöne, fast unheimliche Bild, das da aus der Dunkelheit in ihr aufstieg, in sich hinein. Die flackernd rauchenden Fackeln über den gedrängten Tuiso-Mützen* und Kopf-

* Tuiso-Mütze = estnische Fellmütze mit herunterklappbaren Ohren

tüchern, unter denen die erhobenen Gesichter erschienen; die offenen Münder und dazu der unbekümmert wirbelnde Schnee; dies alles hätte das gefährliche Bild kommender Zeiten heraufbeschwören können. Aber Tipsy war das Kind einer friedlichen Epoche. Sie ahnte nichts. Die singenden Knechte und Mägde im Feuerschein erschienen ihr »wahnsinnig romantisch«.

Da tupfte ihr jemand mit einem nach Juchten duftenden Taschentuch die Schneeflocken weg, die neben dem Rosenkränzchen in ihren Ausschnitt fielen und dort zergingen, und die Stimme des Habichtshofschen sagte: »Es wäre doch schade, wenn die schöne und große Tipsy sich erkältete! Ich schlage vor, hineinzugehen.«

Gewohnt, den vernünftigen Ermahnungen erwachsener Leute zu folgen, wanderte Tipsy gleich darauf am Arm des Barons in den Saal zurück. Mit Lorgnons bewehrte Blicke wanderten hinter ihr drein.

Als um Mitternacht alle Scharaden aufgeführt und alle Gedichte gesprochen waren und Tipsy, als jüngste der Brautschwestern, Fee den Myrtenkranz überreicht hatte, während die anderen sangen: »Wir winden dir den Jungfernkranz ...«, als Mütter und Tanten die Tränen der Rührung getrocknet und die Herren ihr Gemurmel und Geraune beendet hatten (zum Glück wußte Tipsy nicht, daß sie gemurmelt hatten: »Die kleine Ilgafersche wird ein schönes Mädchen ...«), trat unerwartet der Diener Anz in die Tür und verkündete laut: »Kustumäggische Färde sind vor, haber Kutscher sagt, fahren ist schlecht, viel Schnee.«

Wie nun die Erwachsenen mit diesem unerwarteten Ereignis fertig wurden, entging Tipsys Beobachtung. Leo bemächtigte sich ihrer, führte sie in den kleinen Salon, wo noch Bowle und Plätzchen herumstanden, nötigte sie ins Ecksofa, füllte die Gläser und meinte, darum, wie die verschiedenen Nachbarn nach Hause kämen, brauchten sie sich nicht zu kümmern. Viel interessanter wäre es zu erfahren, wer Tipsys Lieblingsdichter sei?

In der Tür zum Saal standen Pastor Ruhland und der Habichtshofsche und unterhielten sich auch. »Nun«, fragte der Pastor, »wie hat Ihnen denn unser Polterabend gefallen?«

Bodo, das Ekel, zog an seiner Papyros, blickte unsäglich mokant – so schien es Tipsy – in die Ecke herüber, in welcher sie mit Leo saß, und erst dann antwortete er. Zu ihrem größten Leidwesen konnte Tipsy nicht verstehen, was er sagte, denn nun hatte er den Kopf weggewandt, und außerdem mußte sie Leo ja ihren Lieblingsdichter bekennen ...

Der Pastor aber hörte die Antwort um so besser: »Ein schönes Schlaraffenfest, und ich habe unentwegt aufgepaßt! Doch bisher, Verehrtester, hat der liebe Gott sich noch nicht herabgelassen, so zu winken, daß ich es hätte merken können.«

»Ja, wahrscheinlich muß er bei Ihnen schon tüchtig winken«, brummelte der Pastor.

Schloß Adalsholm war sehr groß und verfügte auch über unwahrscheinliche Mengen von Betten und Matratzen, Kissen und Decken. Aber so groß war dieser Vorrat nun auch wieder nicht, daß alle Gäste zur Nacht hätten untergebracht werden können. So entschlossen sich die Nachbarn, die am nächsten wohnten, trotz des Schnees loszufahren. Schließlich konnte man ja eine Schneeschaufel mitnehmen!

Frau von Adalsholm kam zu Tante Addi gerauscht und sagte: »Liebste, wäre es dir sehr unangenehm, eine Nacht mit deinem reizenden Nichtchen in einem Bett zu schlafen? Die jungen Leute liegen ja auf Matratzenlagern. Aber der alte Pergelsche, der so entsetzlich schnarcht, der muß schon ein eigenes Bett haben.«

Tante Addi war natürlich sofort bereit, ihr Bett dem alten Pergelschen abzutreten, und als Tipsy eine Viertelstunde später, von Leos Bowle höchst beschwingt, in ihrem Zimmer erschien, war alles bereits geräumt. Tante Addi aber saß mit zweien ihrer besten Freundinnen auf dem Bettrand und unterhielt sich über das soeben zu Ende gegangene Fest. Als Tipsy eintrat, verstummten die drei würdigen Damen. Tipsy sah ihr Tagebuch auf dem Nachttisch liegen, und eine unhemmbare Lust befiel sie, schnell noch etwas hineinzuschreiben. Sie nahm es, preßte es an ihre Brust und sagte: »Ich komme gleich wieder – ich will euch nicht stören.«

Mit tänzerischen Schritten, einen Walzer summend, wanderte sie zum Zimmer hinaus und den Trakt entlang, an dem rechts die Türen der Fremdenzimmer und links die Fenster waren, hinter denen es noch schneite. Am Ende dieses Ganges wußte Tipsy ein gemütliches, stilles Kämmerchen. Eine Petroleumlampe hing an der weißen Wand, ein paar ›Gartenlauben‹ lagen auf einem Regal, und auf dem Deckel ließ es sich gut sitzen. Hier schien Tipsy der rechte Ort, um die notwendigen Sätze, mit Ausrufungszeichen oder vielsagenden Punkten versehen, in ihrem Tagebuch zu verewigen.

Sie war gerade im besten Zuge, als auf dem Gang draußen Männerstimmen laut wurden. Obgleich kein Mensch sie sehen konnte, wurde Tipsy blutrot. Wie, wenn einer hier hereinwollte! Wenn er rauchend am Fenster stehenbliebe! Sie sprang von ihrem gemütlichen Sitz auf, legte ihr Tagebuch auf die ›Gartenlauben‹, strich sich die Haare zurecht und horchte. Gott sei Dank, die Stimmen blieben an einer Tür stecken, verabschiedende Worte wurden gesprochen, eine Tür schloß sich,

Schritte gingen weiter, dann wurde die nächste Tür geöffnet und geschlossen, und es wurde wieder still. Wie ein Dieb stahl Tipsy sich aus dem Kämmerchen hinaus, huschte den Gang entlang und flüchtete in das Zimmer, aus dem noch immer Tante Addis lustiges Lachen tönte.

Endlich, als nach unwahrscheinlichem Wassergeplätscher, Gekicher und Walzergesumme Tipsy warm und wohlig neben Tante Addi im Bett lag, fragte diese in die Vertraulichkeit des nächtlichen Augenblicks hinein: »War es schön, Kindchen?«

»Himmlisch, Tante Addi.«

»Wer tanzte denn am besten?«

»Bodo, das Ekel.«

»Du mußt ihn nicht immer so nennen, er könnte es hören.«

»Mag er ...«

Tipsy fing wieder an, den Walzer zu summen, der so berauschend gewesen war. Jetzt einschlafen, mit dieser Melodie im etwas schwindligen Kopf!

Aber Tante Addi fragte weiter: »War Leo nett?«

»O ja ... sehr ...«

»Der Netteste?«

Tipsy mußte sich besinnen. War man verpflichtet, auch hier die Wahrheit zu sagen? Sie dachte an Leos blauäugiges, glattes Gesicht, und ganz von selber sprach sie die Antwort: »Nein, der Netteste nicht.«

»Wer war denn das?«

»Ich weiß nicht, Tante Addi!«

»Aber der Interessanteste?«

Nun schwieg Tipsy, und es schien ihr sogar erlaubt, im Notfall zu lügen. Sie dachte an die Worte, die sie soeben in ihr Tagebuch geschrieben: »Dieses Ekel wird mich niemals ernst nehmen – dumm, daß ich ihn trotzdem interessant finde.«

Tagebuch ... Wie ein kalter Schlag durchfuhr es Tipsy vom Scheitel bis zur Sohle. Ihr Tagebuch ruhte ja noch friedlich auf dem Regal bei den ›Gartenlauben‹. Sie hatte es vorhin in ihrem Schrecken dort liegenlassen.

Mit einem einzigen Schwung saß sie aufrecht im Bett und hatte dabei beide Beine auf dem Fußboden. »Ich muß noch fort«, stammelte sie, »ich hab mein Tagebuch vergessen.«

»Nimm meinen Morgenrock«, rief Tante Addi ihr nach, »und die Pantoffeln!«

Aber das Kind in seinem Nachthemdchen war schon an der Tür. »Alles ist dunkel«, flüsterte sie zurück, dann rastete die Klinke ein.

Tatsächlich waren jetzt alle Lampen gelöscht. Das Schloß schlief dem großen morgigen Tag entgegen, an dem das Fräulein seine Hochzeit feiern sollte. Doch draußen über Dächern und Giebeln wehten die Schneeflocken aus der Schwärze herab, Dunkel und Kälte waren weit und groß.

Auch im Gang, durch den Tipsy auf ihren nackten Füßen rannte, war es dunkel und kalt. Aber sie spürte es noch nicht, sie war zu sehr von der Angst erfüllt, irgend jemand hätte ihr Tagebuch mitnehmen und darin lesen können. Es waren freilich nur kleine und völlig unschuldige Dinge, die sie verzeichnet hatte, aber es waren jene Dinge, die eine erwachende Seele fast vor sich selber verschweigt – wieviel mehr vor jedem anderen Menschen. Und nun hatte vielleicht irgendein Fremder, vielleicht sogar ein Mann – Himmel, vielleicht sogar Bodo – das schwarze Heft gefunden …

Mit vor Kälte und Aufregung klappernden Zähnen langte Tipsy am Ende des Ganges an, öffnete die Tür und tappte mit der Hand nach dem Regal. Oh, was für ein Glück! Sie erkannte sofort die Kühle des Leders und preßte ihr Büchlein an sich wie ein verloren gewesenes Kind. Dann machte sie sich auf den Rückweg.

Lang, schwarz und einsam lag der Gang. Die Fenster waren kaum als dämmerige Rechtecke zu erkennen. Ganz leise, nur wie eine uralte Erinnerung, hörte man, wie die Flocken gegen die Scheiben flogen.

Auf der anderen Seite des Ganges waren die Türen, tiefe Dunkelheiten in der helleren Wand, eine hinter der anderen. Erst jetzt fiel es Tipsy auf, daß sie alle gleich aussahen und daß man überhaupt nicht sagen konnte, welche zu welchem Zimmer gehörte. Und zu allem Unglück hatte sie vorhin nicht gezählt, die wievielte Türe die ihre war. Sie war durch Tante Addis Lachen so leicht zu erkennen gewesen ... Lauschend schlich Tipsy von einer Tür zur anderen. Ihre Füße froren auf den Steinplatten, die von einer rauheren, wehrhaften Zeit hier einst zusammengefügt waren.

Hinter einer der Türen schnarchte es laut und unbekümmert. Das war also der alte Pergelsche und bestimmt nicht Tante Addi. Aber zwei Türen weiter schien alles so bekannt: das Fenster mit einem Schatten vom Gummibaum, die tief eingetretene Steinfliese, in die der Fuß sich schmiegte ... Tipsy drückte die Klinke lautlos herunter und trat ins Zimmer. Es war still und schlafdurchatmet. Tante Addi lag wohl schon in süßen Träumen. Tipsy legte das Tagebuch auf den Nachttisch, den sie sich ertastet, dann hob sie die Decke auf und schlüpfte sehr vorsichtig ins Bett. Wie herrlich warm das war! Tipsy fühlte ordentlich, wie ihr etwas benommener Kopf sich mit Schlaf anfüllte. Allerdings – vorhin war Tante Addis Busen, an den sie wie ein junges Schäfchen die Stirn preßte, ihr weicher vorgekommen. Jetzt traf sie anscheinend auf ein kräftiges Brustbein. Auch die Beine, an denen sie ihre frierenden Füße mit dem Egoismus des Kindes zu wärmen versuchte, schienen ihr behaarter und viel länger. Aber das war schon eigentlich ein Traum.

Als Antwort auf Tante Addis letzte Frage konnte sie nur noch murmeln: »Der Interessanteste, weißt du, das ist eben doch Bodo, das Ekel ...«

Dann schien sich alles in den Schlaf zu verlaufen. Aber in dieses süße Gefühl mitten hinein klang etwas, tönte mit der Tiefe der entsetzlichen Lautstärke, wie sie wohl einst die Posaunen des Jüngsten Gerichts haben werden, eine Stimme, unverkennbar eine Männerstimme: »Hotz, hast du kalte Füße!«

Tipsy begriff zuerst nichts. Ihr Herz stand einfach still. Aber als es wieder mit rasenden Stößen zu schlagen anfing, fand sie sich schon mit den Füßen wieder auf dem eisigen Boden stehend. Diesmal vergaß sie wenigstens das Tagebuch nicht. Mit einem kleinen Schreckenslaut, der wie das Klagen eines Rehkitzchens klang, ergriff sie es und rannte zur Tür. Daß sie in der Dunkelheit die Klinke sogleich fand, war das reinste Wunder. Und dann stand sie wieder draußen auf dem Gang, frierend, zu Tode erschreckt, und die dunklen Türen grinsten, anscheinend nicht gewillt, ihr zu verraten, hinter welcher die richtige Tante Addi schlummerte.

Tränen traten in Tipsys Augen. So also war es, erwachsen zu sein! Solche Dinge konnten einem passieren, Dinge, von denen man sich als Kind überhaupt nichts hatte träumen lassen ... Ein zitternder Schluchzer stieg aus der Brust.

Aber stehen und weinen, das war auch nichts. Schließlich mußte die richtige Tür sich finden lassen! Ganz vorsichtig, mit im Halse klopfendem

Herzen, schlich Tipsy sich zur nächsten Tür, drückte die Klinke herunter und flüsterte in eine stumme, fremde Dunkelheit hinein: »Tante Addi? ...«

»Ja, Herzchen«, kam aus den Hintergründen des Zimmers die Antwort. »Komm schnell herein, wo warst du denn nur so lange?«

Tipsy sprang in die einladende Wärme des Bettes, wie einer wohl in ein Rettungsboot springt. »Ich war ...« Bei der Erinnerung an die tiefe Männerstimme stieg ihr das Schluchzen wieder aus der Brust in die Kehle. Sie preßte ihr Gesicht in das Kissen und weinte.

Tante Addi klopfte ihr besorgt und aufmunternd den Rücken.

»Sag schon, Kindchen, erzähl doch, was ist passiert? Wo warst du denn?«

Kaum verständlich rang sich die Antwort aus der Dumpfheit des Kissens: »Ich war ... oh, Tante Addi, ich war in einem fremden Bett.«

»In einem fremden Bett? Wie soll ich das verstehen? In wessen Bett?«

»Das weiß ich doch nicht, Tante Addi! Ich dachte, es wäre deins, aber es war ein Mann ...«

Nun saß Tante Addi plötzlich kerzengerade zwischen Wand und Steppdecke. »Ein Mann?« stöhnte sie, »um Gottes willen, Kindchen – und was hat er getan?«

»Er sagte: Hotz, hast du kalte Füße!«

»Sonst nichts?«

»Nein.«

»Und du?«

»Ich sprang aus dem Bett und rannte davon.«

Tante Addi seufzte tief. »Es war bestimmt ein alter Herr, vielleicht der Pergelsche, da brauchst du nicht so zu weinen. Hat er dich überhaupt erkannt?«

»Nein, Tante Addi, wie sollte er, es war genauso pechfinster wie hier. Ich weiß ja auch nicht, wer er war, aber der alte Pergelsche bestimmt nicht. Der schnarchte hinter einer anderen Tür.«

Tante Addi legte sich wieder hin und zog die noch immer schluchzende Tipsy zu sich heran. »Nun hör mal auf zu weinen, mein Goldchen. Wenn niemand dich erkannt hat, dann ist das alles nur halb so schlimm. Dann kannst du morgen ruhig jedem ins Gesicht sehen und mit jedem tanzen. Es weiß ja keiner, daß du es warst, die ...« Tante Addi verstummte. Sie konnte das einfach nicht aussprechen, was diesem ihr anvertrauten Kinde in seiner ersten Ballnacht zugestoßen war.

»Ich möchte trotzdem nach Hause fahren!« schluchzte Tipsy von neuem.

»Das geht doch nicht, du bist Brautjungfer! Außerdem wüßte dieser Mann dann sofort, wer ...«

»Trotzdem, Tante Addi!«

»Aber Tipsy, sei doch vernünftig, denk daran, daß du jetzt erwachsen bist.«

»Ach, ich will gar nicht mehr erwachsen sein! Ich will ein Kind sein, ich will nach Hause ...«

»Man kann die Zeit nicht zurückdrehen«, murmelte Tante Addi. »Ich wäre auch lieber noch jung, so jung wie du.« Sie schwieg und horchte, wie das Schluchzen an ihrer Seite langsam leiser wurde. Nur aus der Tiefe der Brust stieg hin und wieder ein zitternder Atemzug.

»Sie ist wirklich noch ein Kind«, dachte Tante Addi, und laut sagte sie: »Schlaf jetzt mal erst, du hast auch zu viel Bowle getrunken. Morgen sieht die Welt schon wieder ganz anders aus.«

»Ich will aber doch nach Hause«, flüsterte es an Tante Addis Schulter; man konnte es kaum mehr verstehen. Nach einigen Augenblicken kündigten tiefe Atemzüge an, daß das Kind, von Erregung, Kummer und Bowle überwältigt, eingeschlafen war.

Es blieb Tante Addi, die noch lange wach lag und mit erstickten Seufzern in die Dunkelheit starrte.

Sie ahnte nicht, daß auch im Zimmer nebenan der Habichtshofsche mit offenen Augen auf dem Rükken lag und nicht im entferntesten an Einschlafen dachte. Was tat er zunächst? Natürlich lächelte er. War es nicht wirklich komisch, daß ihm so etwas sogar in einem alten estländischen Gespensterschloß geschehen konnte? Ein junges Ding hob einfach die Decke auf, schlüpfte zu ihm ins Bett und entkam dann, erschrocken fliehend und unerkannt. Natürlich zweifelte der Mann nicht daran, daß dieser kurze Besuch ein Irrtum gewesen sei. Das junge Ding, das sich einen Augenblick an ihm gewärmt hatte und das ganz vertraulich etwas von »Bodo, dem Ekel« geflüstert hatte, gehörte in ein anderes Bett. Es hatte nur die falsche Tür erwischt.

Immerhin, der Augenblick, in welchem die runde Stirn sich an sein Brustbein gepreßt und das offene Haar unter seinem Gesicht nach irgendeinem Wasser geduftet hatte, war ein süßer Augenblick gewesen, und man konnte es nur bedauern, daß man aus purer Wohlanständigkeit die Arme nicht um dieses ahnungslose Geschöpf geschlungen, sondern nur gebrummt hatte: »Hotz, hast du kalte Füße!« Das Herz des spöttisch lächelnden Habichtshofschen wärmte sich an diesem Augenblick und mochte seine Süßigkeit noch nicht preisgeben, um ganz simpel einzuschlafen. Es schien ihm eine sanfte Verlockung, so ein zutrauliches Wesen eine Nacht hindurch an seiner Brust zu fühlen und seine Atemzüge zu bewachen. Er wunderte sich selber über die leidenschaftslose Sanftheit dieser Verlockung.

Plötzlich fiel ihm Pastor Ruhland ein und dessen absonderliche Theorie von den Winken Gottes. Himmel, vielleicht beliebte es Ihm, einmal auch auf solche Weise zu winken? War Ihm denn nicht alles zuzutrauen, wo Er schon ohnedies diese unergründlichste und belustigendste aller Welten erschaffen hatte? Vielleicht legte Er ihm, dem Habichtshofschen, nicht von ungefähr ein Mädchen ans Herz? Vielleicht war dies der Augenblick, auf den man achten mußte? – Aber wer war dieses Mädchen überhaupt gewesen?

So kam es, daß auch der Habichtshofsche kerzengerade in seinem Bett aufsaß. Wenn schon Winke, lieber Gott, dann bitte deutlicher! Wie soll ich denn wissen, wen von all den Nachbarstöchtern du gemeint hast? Und die meisten davon würde ich, trotz allen Winkens, nicht noch einmal an mein Herz nehmen! Freilich – dieses Kind …

Doch wie darf ich an ein Kind denken? Fünfzehn Jahre jünger als ich!

Wenn du aber winkst, lieber Gott?

Bodo, das Ekel, warf sich in sein Kissen zurück. Ja, das war ganz echt. So und nicht anders konnte man sich Gottes Winke vorstellen! Es geschah zwar etwas, und dennoch blieb alles im Dunkel. Es war wieder einmal dem Menschenherzen allein überlassen, aus diesem geheimnisvollen Dunkel den Willen Gottes herauszuholen. Wie sollte man nun zum Beispiel wissen, ob es dieses Kind war, das Gott gemeint hatte? Und das man selber mit seinem alten, in allen Wassern gewaschenen Sünderherzen meinte?

»Gott gibt die Nüsse, aber er knackt sie nicht auf«, murmelte der Habichtshofsche vor sich hin, dankbar seines Deutschlehrers in Birkenruh gedenkend, der ihm einst dieses Goethewort beigebracht hatte. Dann dachte er wieder an den holden Augenblick mit den duftenden Haaren. Das Lächeln war ihm vergangen.

Tatsächlich sah am nächsten Morgen alles anders aus. Es schneite nicht mehr, und die aufgehende Sonne kämpfte nur noch mit einem leichten Gewölk, das sie rotgolden umrandete und aus dem manchmal, wie zum Spiel, ein Schneesternchen herunterschwebte, golden glitzernd. Sehr hellblaue Himmelswiesen wuchsen mit dem zunehmenden Tage.

Tipsy wußte, als sie aufwachte und in die Schneeweichheit eines fremden Parks blickte, fast nichts mehr von den Ereignissen der letzten Nacht. Erst langsam fiel es ihr wieder ein, daß jemand zu ihr gesagt hatte: »Hotz, hast du kalte Füße ...«, aber es erschien ihr jetzt eher komisch als erschreckend, da ja ihr Inkognito gewahrt geblieben war. Jedenfalls beobachtete Tante Addi mit Beruhigung, daß das Kind nichts mehr von »nach Hause fahren« sprach, sondern heiter und ohne die geringste Befangenheit mit ihr zum Morgenkaffee nach unten ging. Nur auf der Treppe sagte sie einmal: »Drollig zu denken, daß einer dieser Männer ...«

Sie sprach den Satz nicht zu Ende. Mit ihren wohlausgeschlafenen, aufmerksamen Augen betrachtete sie dann jeden einzeln und horchte auf die verschiedenen Stimmen. Aber sie konnte nirgends eine Ähnlichkeit mit der tiefen, erschreckenden Stimme der Nacht entdecken. So schien es ihr fast, als wäre alles nur ein Traum gewesen.

Wie ein Traum zogen nachher auch alle die festlichen Feierlichkeiten an ihr vorbei, die diesen Tag erfüllten: die Fahrt zur nahen Kirche durch den von Neuschnee und Sonne blendenden Tag; die frohen Schellen der vier Schlitten; die Stunde auf dem roten Teppich am Altar hinter Fees sich bauschendem Brautschleier; der Duft der weißen Rosen des Brautbuketts, das Tipsy halten durfte; Leos Arm im schwarzen, glatten Tuch, der sich ihr ritterlich darbot; die vielen eleganten Damen und Herren, die alle aufstanden, als man hinter dem Brautpaar her durch den Mittelgang zum Kirchenportal schritt; das Brausen der Orgel; und mitten darin leider auch das Gesicht von Bodo, dem Ekel, dessen Augen sonderbar prüfend und nachdenklich auf einen gerichtet waren. Zum Glück vergaß man diese Augen schnell, als im Vorraum der Kirche die wartenden Kutscher und Diener den Damen die Pelze sorglich über die dekolletierten Schultern warfen …

Im Schloß stiegen die Champagnerperlen schon vom Boden der hohen Kelche. Man mußte anstoßen, zuerst mit Fee, die heute wirklich genauso aussah, wie man sich Feen vorstellt, dann mit den anderen, von denen einer natürlich sagte: »Ich trinke auf das Wohl der großen und schönen Tipsy…«, wobei sein dunkles Augenpaar sich mit dem gleichen nachdenklichen und prüfenden Blick auf einen richtete wie vorhin in der Kirche. Wieder durchfuhr ein kalter Schlag Tipsys Herz, und sie wandte sich schnell ab, um mit jemand anderem anzustoßen. Sollte es am Ende der Habichtshofsche gewesen sein?

Nach dem Hochzeitsdiner, das mit seinen unzähligen Gängen, Reden und Hochs bis in die Stunde der Dämmerung dauerte, verschwand das Brautpaar, um den Zug nach Riga zu erreichen. Die Hochzeitsgesellschaft aber stand, hauchdünne Mokkatäßchen balancierend, gruppenweise in Fensternischen, am Flügel oder am hohen Kachelofen, und nach den Anstrengungen der Tafel wurde nur milde geplaudert. Der Duft guter Zigarren begann die Räume zu durchwehen, und die älteren Damen zogen sich in den kleinen Salon zurück, um Pastor Ruhlands Predigt, die Haltung des Brautpaares, die Schönheit der Brautjungfern und sonstige sich anspinnende Beziehungen zu besprechen. Der Abendhimmel strahlte rot durch die hohen Saalfenster, und in der Lindenallee verklangen die Schellen des Schlittens, der das junge Ehepaar der Bahnstation und seinem neuen Glück entgegenführte.

Am Flügel machte sich Frau Kuse zu schaffen, die Tapeuse* aus Dorpat, die schon gestern zu allen Tänzen gespielt hatte. Sie öffnete den schwarzglänzenden Deckel, legte Notenhefte zurecht, entzündete Kerzen an beiden Seiten des Flügels, lehnte einige Blätter gegen den in Form einer Lyra kunstvoll durchbrochenen Ständer und setzte sich mit Würde und Breite auf den Klaviersessel. Gleich darauf zogen, dahinsehmelzend und lockend, die ersten Takte der »schönen, blauen Donau« durch die nachmittäglich beruhigten Räume.

Zunächst schien niemand den Zauber der Stunde brechen zu wollen. Der Saal mit seinem blanken Parkett lag frei im Abendlicht. Dann wurden einige der jungen Leute unruhig, man sah, daß sie der Verlockung des Walzers nicht widerstehen konnten. Schließlich sprang Leo auf, verneigte sich vor Tipsy, flüsternd, er als Haussohn müsse wohl die ersten Schritte wagen, und tanzte mit dem beseligten, arglosen Kinde in das noch immer durch die Fenster scheinende rotbraune Abendlicht hinein.

Am Kachelofen lehnte der Habichtshofsche nicht ganz so arglos und unbefangen wie Tipsy. Er dachte, daß doch beachtliche Schönheit unter den Töchtern des Landes aufwüchse. Schönheit,

* Tapeuse = berufsmäßige Klavierspielerin bei Bällen

gepaart mit spröder Unschuld und blitzender Abwehr – also Schönheit, um die es sich verlohnen könnte ... Seit der bis in die ersten Morgenstunden währenden Schlaflosigkeit der vergangenen Nacht wurde er den lächerlichen Gedanken nicht los, diesmal dürfe er den Wink von oben nicht übersehen. Wenn jemand so unmißverständlich winkt ... Es schien bloß nicht ganz einfach, zu ermitteln, ob wirklich dieses süße Geschöpf gemeint war, das da im Abenddämmern tanzte und dessen Gesicht sich in abwesender Hingabe nicht ihrem Tänzer, sondern der Schönheit des Augenblicks öffnete. Darauf aber kam es an. Sonst war es nichts mit dem Winken!

Den ganzen Vormittag über hatte der Habichtshofsche versucht, den Duft des Haares wiederzuerkennen, der ihn so entzückt hatte. Aber bei der Menge verschiedenartiger Parfüms in der Damenwelt war es ihm nicht geglückt. Nun kam ihm ein neuer Gedanke. Er ging zu seiner Kusine Ringbach hinüber, forderte sie zum Tanzen auf, versuchte unauffällig an ihrer blonden Haarkrone zu schnuppern, und dann sagte er unvermittelt in den schönsten Überschwang der Straußschen Melodien hinein: »Hotz, hast du kalte Füße!«

Das Mädchen blickte auf und lachte: »Tatsächlich«, sagte sie, »seit dem eiskalten Steinboden in der Kirche kann ich mich noch immer nicht erwärmen.«

Das nächste Mädchen, das er erwischte, war eine kleine, braune, schüchterne, die vor Aufregung, mit dem berühmten Habichtshofschen Baron tanzen zu müssen, ganz feuchte Hände bekam. Sie zuckte zusammen, als Bodo auch plötzlich zu ihr sagte: »Hotz, hast du kalte Füße …«, und sie hauchte kaum hörbar: »Aber ich habe doch gar keine!«

»Ach, ich dachte, Sie kennten diese lustige Anekdote«, antwortete ihr Partner erklärend, und es war gut, daß sie durch ihre niedergeschlagenen Augenlider sein amüsiertes Lächeln nicht sehen konnte.

Die dritte war die lustige Brundhilde. Als auch über ihrem Haupt die orakelhaften Worte ertönten: »Hotz, hast du kalte Füße …«, blitzte sie ihren Tänzer mit unternehmungslustigen Augen an und rief: »Warum meinst du? Sie sind ganz warm! Willst du fühlen?«

Und so ging es immer weiter, es wurde schon geradezu langweilig. Der Habichtshofsche, der so gerne und oft über andere Leute lächelte, kam sich allmählich selber lächerlich vor. War er denn zu dieser Hochzeit gekommen, um die Töchter des Landes eine nach der anderen kalter Füße zu bezichtigen? Tipsy aber, deren Antwort allein ihn wirklich interessiert hätte, war verschwunden. Wahrscheinlich hatte Leo sie entführt, um weiter über ihren Lieblingsdichter mit ihr zu sprechen …

In der Tür zum kleinen Salon, in welchem es jetzt verlockend nach Teegebäck und Zitrone duftete, traf der Habichtshofsche Pastor Ruhland.

»Na, Sie haben mir da was Gutes eingebrockt mit Ihrem himmlischen Winken!« flüsterte er ihm zu.

»Wie meinen Sie das?« fragte der Pastor. »Haben Sie schon irgend etwas bemerkt?«

»Und ob!« murrte der Jüngere, halb ärgerlich, halb lachend. »Wenn Sie wüßten, welche pikanten Variationen solche Winke manchmal haben können, Sie würden sich wundern!« Damit wollte er am Pastor vorbeigehen und seine Jagd nach Tipsy fortsetzen.

Aber Pastor Ruhland hielt ihn am Ärmel fest. »Halt, halt«, rief er besorgt. »Woher wissen Sie denn, daß derartige Winke wirklich von Gott stammen? Manchmal ist es ja auch unser aller Feind, Bruder Diabolus, der da winkt ...«

Der Habichtshofsche ließ sich nicht aufhalten. »Tant pis«, sagte er. »Ich kann die Spur, auf die Sie, Verehrtester, mich selber gesetzt haben, nun nicht mehr verlassen.«

Er fand Tipsy im Wintergarten unter einer Palme, hinter die Leo sie sorglich verstaut hatte. Diesmal forschte er nicht mehr nach ihrem Lieblingsdichter, sondern nach ihrer Lieblingsbeschäftigung und erfuhr mit Anteilnahme, daß sie Tanzen noch mehr liebe als Nietzsche und Hölderlin. Ihr

Gesicht strahlte dementsprechend auf, als Hagen sich vor ihr verneigte und sie um den Walzer bat. Sie legte ihre Hand so vertraulich auf seinen Frackärmel und nickte Leo, der mit gekrauster Stirne zurückblieb, so mitleidslos zu, daß es dem Habichtshofschen, trotz seines abgebrühten Herzens, geradezu gemein erschien, dieses arglose Geschöpf mit seiner groben Bemerkung zu erschrecken. Aber was wollte er machen? Ob Gott oder Teufel – es kam nun alles darauf an, zu ergründen, ob *sie* es war, die ihn so nachhaltig entzückt hatte.

Beim Tanzen zog der Habichtshofsche seine zierliche Dame kaum merklich immer näher zu sich heran. Das hellbraune Haar – duftete dieses hellbraune Haar nicht genauso wie heute nacht?

»Sie tanzen ebenso gut, wie Sie schießen und Tennisbälle auffangen, schönste Tipsy«, flüsterte er ihr ins Ohr und empfing als Antwort einen so belustigten und zugleich zornigen Blick, daß er nicht anders konnte, als sie mitten unterm Kronleuchter, dessen Kerzen jetzt brannten, wie ein kleines Spielzeug in die Runde zu wirbeln.

Tipsy sah wieder die sich drehenden Flämmchen, und sie erschienen ihr wie lauter kleine goldgelbe Jubelrufe. Aber Glück und Schrecken wohnen im Leben allzu nah beieinander. In die Jubelrufe der Kerzen mitten hinein dröhnte die tiefe Stimme der Nacht: »Hotz, hast du kalte Füße!«

Tipsy zuckte zusammen, und sie wußte zugleich, daß Bodo, dieses fürchterliche Ekel, es auch gemerkt haben mußte. Wozu hielt er sie denn so fest an seiner Brust?

»Was gehen Sie meine Füße an?« zischte sie und bekam ihre glasklaren Augen. Aber sie fühlte, daß diese zornige Abwehr sie ebenfalls verriet. Langsam kroch eine nicht zu verbergende Röte ihr über Schultern und Nacken bis ins entsetzte Gesicht. »Danke, ich will nicht mehr tanzen«, sagte sie und blieb stehen.

Der Habichtshofsche ließ sie noch nicht los. Er neigte sich zu ihr, daß seine schwarzen Augen dicht über den ihren funkelten. »Aber schönste und liebste Tipsy, jetzt wird es doch gerade erst interessant!« hörte sie seine beschwörende Stimme.

»Für mich nicht«, antwortete sie schnell, entwand sich seinen Armen, schlüpfte wie ein Wiesel zwischen den tanzenden Paaren hindurch und verschwand im kleinen Salon.

Bodo, das Ekel, folgte ihr zur offenstehenden Flügeltür. Aber er ging langsam, die Tänzer nicht störend, und mit seinem unbeteiligt-hochmütigen Gesicht, denn er ahnte, daß viele Lorgnons auf ihn gerichtet waren, und er wollte jedes unnütze Aufsehen vermeiden. Dennoch wußte er, daß er Tipsy so schnell wie möglich wiederfinden mußte. In der Tür zum kleinen Salon stand leider schon wieder der gute Pastor Ruhland. Der Habichtshofsche wollte an ihm vorbei, aber der Pastor erwischte ihn am Frackknopf und hielt ihn fest.

»Verzeihen Sie, Baron Hagen, aber nun muß ich Sie unbedingt einen Augenblick aufhalten. Es scheint mir nämlich, als ob hier nicht der liebe Gott, sondern tatsächlich – der andere seine Hand im Spiel habe. Die kleine Ilgafersche ist kaum achtzehn Jahre und ein völlig reines und unschuldiges Kind. Sie dürfen ihr nicht den Kopf verdrehen.«

»Das will ich auch gar nicht«, antwortete der Habichtshofsche ablehnend. »Trotzdem bitte ich, mich gehen zu lassen.«

»Nur ein Wort!« flehte Pastor Ruhland mit unglücklichem Gesicht. »Versprechen Sie mir, die Kleine in Ruhe zu lassen, so reizend sie auch ist. Ich wäre verzweifelt, wenn ich an diesem Spiel in irgendeiner Weise mitschuldig wäre.«

Der Habichtshofsche wollte wortlos weitergehen. Aber das unglückliche Gesicht des Pastors rührte an eine weiche Stelle seines Herzens. Er antwortete: »Leider kann ich Ihnen nichts versprechen. Wenn aber tatsächlich – der andere gewinkt haben sollte, dann muß Ihr lieber Gott eben zusehen, wie er dieses Ding trotzdem zu einem guten Ende bringt. Er trägt schließlich die letzte Verantwortung – auch für den Teufel, seinen Knecht. Und nun bitte ich, mich zu entschuldigen.«

Der Habichtshofsche wandte sich suchend dem dämmerigen Inneren des kleinen Salons zu, während Pastor Ruhland mit gefalteten Händen in der Türe stehenblieb.

»Hat er nicht vielleicht sogar recht?« fragte der sich. »Wie sollen wir armen Menschen es immer unterscheiden, von welcher Seite uns ein Zeichen kommt? Und ist jener ›andere‹ nicht wirklich oft genug daran beteiligt, daß Gottes Wille geschieht? Der Versucher – Gottes Knecht ... Ach, es bleibt uns nichts anderes übrig, als zu beten, Gott selber möge an uns denken und alles richtig hinausführen.«

Während Pastor Ruhland noch so stand und nachdachte, kam der alte Pergelsche vorbei, sehr unternehmungslustig in seinem etwas zu engen Frack, die Bäckchen gerötet und die blauen Augen blitzend unter den weißen Augenbrauen. Als er des Pastors gefaltete Hände bemerkte, hielt er ein und fragte: »Ach, beten Sie?«

Der Pastor schüttelte den Kopf und lockerte seine Hände. »Nein«, sagte er, »ich denke nur nach.«

»Worüber denn, wenn ich fragen darf?« flüsterte der Pergelsche respektvoll. Ihm schien der Pastor immer besonders interessant, weil er selber nur zu Weihnachten in die Kirche ging.

Pastor Ruhland hob die Schultern und seufzte: »Das ist nicht ganz einfach zu erklären ... Ich dachte ... ich meinte ..., ob wir es wohl immer unterscheiden können, wann der liebe Gott uns einen Wink gibt und wann der Teufel?«

»Ach, winken die denn manchmal?« fragte der Pergelsche mit hochgezogenen Augenbrauen und mit vor Staunen hervorquellenden Augen.

»Natürlich«, antwortete Pastor Ruhland, im stillen über den ahnungslosen Frager seufzend, der ihm seine besten und in ihm selbst noch gar nicht ausgegorenen Gedanken aus der Seele herauszerrte. »Eigentlich setzt unser ganzes Leben sich immer wieder aus solchen Winken zusammen. Wir begreifen sie nur fast nie.«

Der Pergelsche steckte seine Hände in die Taschen und blickte auf seine Fußspitzen. »Nun ja, das wissen Sie bestimmt besser als ich«, meinte er, »wo Sie ja sozusagen dauernd mit diesen beiden Herren verkehren ...«

»Ach, ich weiß gar nichts, ich bin der ärmste Stümper von allen«, stöhnte der Pastor, »besonders auf so einer großen Hochzeit ...«

Nun hob der Pergelsche seinen Kopf, und indem er mit einem seiner blauen Augen zwinkerte, klopfte er dem Geistlichen freundschaftlich auf die Schulter. »Na, wissen Sie, Lieberchen«, sagte er, »wenn schon Winke, dann weiß man bei so einem Fest doch wenigstens ganz genau, aus welcher Ecke sie kommen. Das viele Essen, die guten Weine und Likörchen und die Schultern der Damen ...«

»Das sind alles reine, unschuldige Gaben Gottes«, widersprach Pastor Ruhland. »Aber daß uns diese Gaben teuflisch erscheinen, kommt daher, weil wir selber so gierig sind. Weil wir ein Räuschchen lieben, weil unsere Blicke die Grenzen überschreiten ... Also hat der Teufel, Gottes Knecht, wohl in uns selber Platz genommen? – Ja, er hat gewaltige Möglichkeiten! Er winkt nicht nur von außen, sein Wink kommt auch von innen und zerstört die Klarheit unserer Seele, die doch Gottes Atem ist.«

In seinem inneren Kummer faltete er wieder die Hände, und vor seinen Augen erschien das Bild der kleinen, ahnungslosen Tipsy, deren klare Seele in diesem Augenblick vielleicht in Gefahr geriet. Welch ein Trost war es da, daß selbst der Teufel Gottes Knecht sein mochte!

Der alte Pergelsche betrachtete den Pastor, wie man jemanden betrachtet, an dessen voller Zurechnungsfähigkeit man plötzlich zweifeln muß. »Solche Sachen sind zu hoch für mich einfachen Stoppelhopser«, murmelte er. »Ich will lieber ein Jeuchen machen. Kommen Sie mit, bei des Teufels Gebetbuch weiß man wenigstens ganz genau, wer da winkt. Da vergehen einem die Flausen.« Er schob seinen Arm unter den des Pastors und wollte ihn mit sich ziehen.

Aber der alte Gottesstreiter war mit sich und seinen Grübeleien noch nicht fertig. Er schüttelte den Kopf. »Lassen Sie nur, Herr von Gorm, ich komme nach, wenn ich zu Ende gedacht habe.«

Der lustige, runde Herr nickte dem Pastor zu, der ihn um Haupteslänge überragte. »Denken Sie nur, mein Lieber«, sagte er, »für mich wäre so viel Denken nicht gesund.« Er ging ein paar Schritte, dann wandte er sich um, hob seine Hand und rief: »Jetzt winkt Ihnen aber nur der alte Pergelsche!« Seine blauen Augen blitzten, und dann verschwand er in Richtung Billardzimmer, wo die Kartentische standen.

»… und auch er ist Gottes Kind«, sagte sich Pastor Ruhland, »vielleicht sogar ein geliebteres als ich alter Grübler. Nein, mit dem Denken schaffen wir es nicht. Es bleibt uns nichts als das Beten.«

Dem Spürsinn des Jägers folgend, durchquerte der Habichtshofsche das lange Eßzimmer und gelangte in eine Anrichte, deren eine Tür in die Küche führte. Hinter der anderen Tür hörte er gedämpfte Stimmen. Ohne sich zu besinnen, öffnete er die Tür und trat über die Schwelle. Es war offensichtlich das Lampenzimmer. In Reih und Glied standen die Petroleumlampen des Schlosses auf ihren Borden und warteten darauf, angezündet zu werden. Am wachstuchbezogenen Tisch aber saß Tipsy, den Kopf auf die Arme geworfen, und schluchzte. Die Schultern, vom blauen Seidenkleidchen kaum bedeckt, zuckten, die kleine Locke ringelte sich, hellbraun schimmernd, über den Nacken bis zum blitzenden Verschluß der

Perlenkette, vom Gesicht war nichts zu sehen. Es war ein Anblick unschuldigen und hingegebenen Jammers, der einen Stein hätte rühren können. Der Habichtshofsche aber war an diesem Abend kein Stein.

Neben Tipsy stand Tante Addi. Sie hatte ihre Hand auf den schweren Haarknoten des Kindes gelegt und sagte gerade: »Hör doch zu, Herzchen! Baron Hagen ist ja vielleicht alles mögliche, aber ein Ehrenmann ist er bestimmt. Er wird niemandem etwas erzählen.«

Der Ehrenmann, der über diesen Worten eingetreten war, blickte nur kurz auf das zuckende, hellblaue Bündel, wobei die Spannung seines Gesichtes nachließ und der Blick seiner Augen sich erwärmte. Dann verneigte er sich ehrerbietig vor Tante Addi und sagte in vollendetem Ernst: »Gnädiges Fräulein, darf ich Sie, in Vertretung der Eltern, um die Hand Ihrer Nichte bitten?«

Was nun folgte, war zuerst völlige Stille. Tante Addi vergaß sogar, ihren Mund zu schließen. Dann neigte sie sich zu Tipsy und flüsterte ihr zu: »Hörst du, Maria-Gabriele, ich habe es dir doch gesagt, daß er ein vollendeter Edelmann ist ...«

Tipsys Kopf aber fuhr in die Höhe, und mit Augen, die noch klarer als glasklar waren, denn Tränen standen darin, rief sie: »Soll das heißen, daß Sie mich heiraten wollen?«

Der Habichtshofsche wandte sich nun von

Tante Addi fort und neigte sich leicht über den Tisch, hinter dem Tipsy saß, eine kleine, züngelnde Schlange.

»Ja, schönste Tipsy, genau das soll es heißen«, sagte er mit seinem berückendsten Lächeln.

Die kleine Schlange aber richtete sich kerzengerade auf. »Ich hingegen denke gar nicht daran«, schleuderte sie ihm ins Gesicht, »wie kommen Sie überhaupt auf so etwas Dummes?«

»Weil Sie mich sehr entzücken, schönste Tipsy«, antwortete der Habichtshofsche, und dieses Ekel schien von Tipsys Absage nicht einmal beeindruckt. Im Gegenteil. Sein berückendes Lächeln verwandelte sich schon fast wieder in sein altes amüsiertes Lächeln, während er sich anschickte, Tipsys weitere leidenschaftliche Einwände anzuhören.

»Ich will Sie aber nicht heiraten, ich will überhaupt nicht heiraten, ich kenne Sie ja gar nicht!«

»Das ließe sich vielleicht nachholen«, meinte der Habichtshofsche.

»Ich will aber nicht«, bestand Tipsy auf dem ihren, »ich weiß ohnehin schon allerhand von Ihnen!«

»Und was wissen Sie von mir? In diesem Augenblick darf ich wohl mit einer ehrlichen Antwort rechnen?«

»Ja, das dürfen Sie«, feuerte Tipsy. Und ohne auf das dumpf warnende »Maria-Gabriele!« von Tante

Addi zu hören, begann sie aufzuzählen: »Erstens sind Sie ein Epouseur, und vor solchen muß man sich in acht nehmen.«

»Recht haben Sie, schönste, liebste Tipsy!« warf der Habichtshofsche dazwischen.

»Zweitens vergeuden Sie Ihr Geld auf die unsolideste Weise ...«

»Wieso denn das?« fragte der Habichtshofsche, und über seiner Nasenwurzel zeigte sich die Andeutung einer steilen Falte, die aber sofort verschwand, als er Tipsys weitere Erläuterung hörte: »Ja, Sie spielen. Sie sitzen auf den Klippen von Monte Carlo und spielen mit dem Fürsten von Monaco ›Müller-Matz‹. Und drittens sind Sie ein großer Jäger – das finde ich eigentlich sehr schön. Aber Ihre Schürzen-Trophäen hängen Sie niemals in Ihrer Halle auf.«

»O Gott, Tipsy!« hauchte Tante Addi.

Bodo, das Ekel, aber blieb ernst. Nicht einmal der Hauch eines Lächelns spielte um seinen Mund unter dem schwarzen Bärtchen. Er sagte: »Nein, aufhängen kann ich meine Schürzen-Trophäen allerdings nicht. Wenn Sie ein wenig nachdenken, werden Sie das verstehen. Aber ich verspreche Ihnen, ich werde von nun an nie wieder einer solchen nachjagen. Denn ich nehme an, daß Sie, geliebte Tipsy, so typisch weibliche Requisiten verachten.«

Tipsy blickte dem Mann, mit dem sie sprach, zum ersten Mal ernsthaft ins Gesicht, das von

Frage und Erwartung bewegt war. Sie selber mußte auch nachdenken, und so schwiegen sie beide, Auge in Auge. Tante Addi wagte nicht, sich zu rühren. Schließlich flüsterte Tipsy: »Ach, so ist das! Das hat mir bisher noch niemand erklärt. Aber Schürzen liebe ich tatsächlich nicht.«

»Na also. Ich werde sie auch nie von Ihnen verlangen. Es ist nämlich gar nicht so unangenehm, mit mir verheiratet zu sein. Ich glaube, das kann ich Ihnen ebenfalls versprechen.«

Tipsys klare Augen schauten weit aufgeschlagen in das dunkle Gesicht über ihr. Eigentlich war es ein schönes Gesicht, und die lustige Brundhilde würde sagen, es hätte faszinierende Augen. Trotzdem ...

»Wie soll ich Sie denn heiraten«, stöhnte Tipsy, »Sie nehmen mich ja gar nicht ernst.«

»Doch, seit gestern nehme ich Sie sehr ernst. Ernster kann man eine Frau überhaupt nicht nehmen, als wenn man ihr einen Heiratsantrag macht.«

»Aber warum denn ausgerechnet seit gestern?«

»Weil Sie seit gestern erwachsen sind.«

Tipsy schlug wieder die Hände vor das Gesicht und warf ihren Kopf auf die Tischplatte. »Ich will gar nicht mehr erwachsen sein«, schluchzte sie, »ich hatte mich so darauf gefreut! Aber Erwachsensein ist schrecklich! Man geht durch fremde Türen, und man soll fremde Männer heiraten – und man weiß doch überhaupt nicht, wie man einen so fremden Mann lieben soll ...«

Der fremde Mann, den Tipsy immer das Ekel genannt hatte, strich ihr plötzlich in gar keiner ekligen Weise, sondern sehr sanft über den verzweifelten Kopf. Dabei sagte er: »In diesem Frühling werde ich nicht nach Monte Carlo fahren, sondern nach Ilgafer reiten, und vielleicht wird es mir glükken, kein fremder Mann für Sie zu bleiben. Vielleicht kann ich Sie sogar davon überzeugen, daß es möglich ist, mich zu lieben, geliebteste Tipsy.«

Tante Addi flüsterte: »O du glückliches Kind!«

Tipsy aber hob noch einmal ihr tränenüberströmtes Gesichtchen, blickte Bodo, den Mann, der sie heiraten wollte, an und murmelte: »Und ich will doch noch so schrecklich gern mit den Studenten in Dorpat Schlittschuh laufen!«

Darauf wurde es noch einmal ganz still im Lampenzimmer. Nur aus der Küche hörte man das Scheppern der Töpfe, das Prasseln der Flammen im Herd und das Sprechen der Mägde. Dann klang die Stimme des Habichtshofschen warm und verzaubert durch den kleinen Raum: »Es gibt noch andere, viel schönere Dinge in der Welt, die ich dir zeigen werde – o kleine Tipsy von Ilgafer!«

Hiermit ist das, was ich heute erzählen wollte, eigentlich zu Ende: der Anfang von Tipsys Liebesgeschichte, soweit er mir von ihren Verwandten, ihren Söhnen, Tante Addi und schließlich von ihr selber ins Ohr geflüstert wurde. Damals war die kleine Tipsy für mich schon eine Tante, eine fröhliche junge Frau und Mutter dreier Söhne.

Wer aber nun wirklich den sonderlichen Grundstein zu ihrer Ehe mit dem Habichtshofschen gelegt hat – der liebe Gott höchstpersönlich oder »der andere« –, das ist nie restlos geklärt worden. Tipsy selber behauptete, es sei bestimmt der liebe Gott gewesen, der ihr damals die falsche Klinke in die Hand gegeben hat. Denn ein Ding, das so gut endet und das soviel echtes Glück ausstreut, das könne nur von Gott kommen. Pastor Ruhland war bis an sein Lebensende anderer Ansicht. Er meinte, solche Späße erlaube der liebe Gott sich nicht. Daß alles trotzdem so wahrhaft gottgefällig ausgegangen sei, liege nur daran, daß der Habichtshofsche Baron, sein verehrter Patronatsherr, der teuflischen Versuchung nicht ins Garn gegangen sei, sondern seine eheliche Werbung sozusagen im Namen Gottes begonnen habe. Vielleicht läge auch noch ein anderer unbedeutender Faktor darin, daß er selber, der Pastor, so eifrig für den Baron und die kleine Maria-Gabriele gebetet habe.

Wie sich das nun wirklich verhält – wer von uns kurzsichtigen Menschenkindern will es ergründen? Es kommt auch nicht darauf an. Wichtig ist, daß wir überhaupt hellhörig werden für die Winke des Lebens und daß wir aus den Anstößen, die wir empfangen, etwas Gutes erwachsen lassen. So meinte es jedenfalls der Habichtshofsche Baron. Er starb reif und lebenssatt, kurz vor der Umsiedlung der deutschen Balten im Jahre des Unheils 1939. Er, der Weltläufige, wurde im Habichtshofschen Erbbegräbnis neben seinen Vorfahren in heimatlicher Erde bestattet, was vielen seiner Landsleute, welche die große Welt vorher nie gesehen hatten, nicht mehr vergönnt war. Tipsy erlebte noch das ganze Umsiedlerschicksal mit seinem unfaßbaren Abschied, mit Neuansiedlung und mit der winterlichen Flucht im Gutstreck. Sie ließ sich nicht erschrecken. Ihre Augen, die noch immer glasklar sein konnten, schauten den auf spiegelhart gefrorener Straße keuchenden Pferden und den schluchzenden Menschen weit voraus.

Jetzt wohnt sie bei einem ihrer Söhne, der sie mit seinen schwarzen Augen und seinem spöttischen Munde so sehr an ihren Mann erinnert. Sie wartet mit Lächeln auf jenen Tag, an welchem sie ihn wiederfinden wird, ihn, den Habichtshofschen, Bodo, das Ekel, den heißgeliebten Geliebten, unter dem rauschenden Licht ewiger Verklärung.

Ja, damals …

Zwei heitere estländische Geschichten

Es war an einem Sommernachmittag in Schloß Elmau.

Wir hatten diskutiert, über Gott und die Welt, Krieg und Frieden, Ost und West, Jazz und Beethovens Neunte.

Wir hatten uns etwas müdgeredet, die Pausen waren größer geworden, und schließlich war das Gespräch ganz verebbt, so daß nun von draußen der Gesang der Amsel zum offenen Fenster hereindrang, als wollte er uns sagen, daß alles Reden vor der Stimme der Natur nicht bestehen könnte.

Wir fühlten, wir waren mit unserem Disput zu Ende, aber wir fühlten auch, daß wir alle nicht so recht zufrieden waren mit dieser Schlußfermate. Etwas Unerlöstes, Ungelöstes ließ uns nach einem erlösenden Schlußakkord verlangen.

Da richtete einer der Anwesenden an eine kleine Frau die Frage: Ich höre, Sie haben Bücher geschrieben, Romane, wollen Sie uns nicht etwas lesen? Etwas ganz Kleines nur, aber wissen Sie, so etwas, das wie ein Mozartsches Andante uns den

Frieden wiedergibt, aber um Himmels willen nichts von Ost und West, nichts von Vergewaltigung, Krieg und Pestillenz, etwas Kleines, Liebes, Schönes …

Die kleine Frau – es war Else Hueck-Dehio – ließ sich nicht lange bitten. Sie las. Und ich höre noch heute, wie sie uns den Titel der Erzählung ankündigte, ›Taft zum Kragen‹, den ich mir nun nur noch auf baltisch ausgesprochen denken kann … Mir war, als läge in dieser Ankündigung, in diesen drei Worten das zarte Gewebe vor mir ausgebreitet, so natürlich, so einfach und darum so vollendet, als gelte es nur noch, die Gold- und Silberfäden dieser bezaubernden Arbeit liebevoll nachzuzeichnen und staunend zuzusehen, wie sie von der Meisterin geknüpft und dann doch wieder mühelos entwirrt werden. Es war eben wie bei einem Mozart-Andante: Schon bei den ersten Tönen spüren wir, daß alles nicht so schrecklich auf dieser Welt ist, daß es so viel unausgesprochene Schönheit gibt … Denn Else Hueck-Dehio versteht noch die Sprache des Herzens, jene schier verloren geglaubte Sprache, in der – wie in der Musik – die Pausen nicht überspielt werden, jene Pausen, in denen wir ganz still und dankbar werden, dankbar dafür, daß wir Menschen noch trotz allem an die Kraft des Herzens glauben dürfen.

Schloß Thurnau, August 1953 *Wilhelm Kempff*

Taft zum Kragen

Das kleine Ereignis, von dem ich heute berichten möchte, hat, als es geschah, die Welt in keiner Weise bewegt. Aber es hat ein paar Menschenherzen verwandelt. Es hat ihnen gezeigt, daß die Bewegtheit der Herzen, ja sogar deren unbedeutendste Fehlleistungen manchmal dazu dienen können, denen, die Gott lieben, zu dem Ihren zu verhelfen.

Dieses kleine Ereignis geschah in Livland in jener fast schon sagenhaft gewordenen Zeit, als die Damen noch lange Röcke und hohe Stiefelchen trugen, als die Männer noch vom »schwachen Geschlecht« sprachen, als die estnischen Dienstboten der Herrschaft noch den Ärmel küßten und als es noch geschehen konnte, daß ein Kutscher für treue Dienste zur Hochzeit ein ganzes Gesinde geschenkt bekam. Es geschah außerdem in der Weihnachtszeit, und draußen fiel der Schnee. Die junge Frau Pastorin, die im schwarzen Samtmäntelchen und mit rundem Muff über den Großen Markt trippelte, hörte die Fuhrmannschlitten mit vielstimmigem Schellengeklimper vorübergleiten; sie sah die Fußgänger ihr Kinn und, wenn es anging, auch die Nase in ihren hohen Pelzkragen verstecken. Die Kinder, die ihre Kelken* hinter sich herzogen, hatten knallrote Backen und sicherlich eisige Zehenspitzen. Die Studenten, die ihr entgegenkamen, rieben sich die Ohren unter den bunten Mützen. Es war kalt.

Die junge Frau Pastorin blieb einen Augenblick nachdenklich vor der Stoffhandlung von Herrn Popow stehen. Die Flocken tanzten vor den Fensterauslagen, aber sie ging nicht hinein. Sie wollte doch lieber bei Ploetz nachschauen. (Die »Ploetz'sche Bude« nannte man das in Dorpat.) Zwar hatte Popow eine größere Auswahl, aber sie mußte leider immer daran denken, daß im vergangenen Frühling nach einem Mollatz-Kommers die Kuronen das »w« vom Namensschild des Herrn Popow weggeschlagen hatten – und sie fühlte selber, daß dieser Gedanke sich für eine junge Pastorin nicht schickte!

Sie ging also die wenigen Schritte bis zur Ploetz'schen Bude weiter, trat sich den Schnee von den Überschuhen, raffte den langen schwarzen Rock, in dessen Bürstenband der lockere Schnee ebenfalls hing, ein wenig auf und öffnete die Glastüre. Die Schelle über der Tür klingelte. Herr Ploetz

* Kelk = estnisches Wort für Rodelschlitten

tauchte eilig und dienstfertig aus den Hintergründen seiner Bude auf, nahm den vorschriftsmäßigen Platz hinter der Theke ein (»Lette« sagte man damals) und verneigte sich mehrmals mit seinem altbekannten, schmantigen Lächeln.

»Kuten Morjen, knädijes Frau Pastorinchen«, sagte er dabei, »kalt heute, und wiehl Schnee ...«

»Ja, guten Morgen, Herr Ploetz«, antwortete die junge Frau und schlug den Schleier, der schmal um die Fellkappe gebunden war, von ihrem Gesicht zurück.

»... Oj, Oj«, dachte Herr Ploetz, »so ein scheenes rosa Jesichtchen, und dabei so jung« ... »Womit terf ich tienen?« fragte er laut.

Die junge Frau Pastorin zögerte einen Augenblick und ließ ihre Augen über die Regale wandern, in denen, wohlsortiert, die Stoffballen ruhten: dicke Wollen, dunkel und solide für Mäntel, dünnere, und schon in freundlicheren Farbschattierungen, für Kleider; dann die zarten Gespinste für Blusen – ach, und schließlich die Seiden! Da lagen sie alle, Crêpe de Chine und Charmeuse, Chiffon und Popeline, Atlas und Taft. Ja, der Taft war es, auf den sie es diesmal abgesehen hatte. Der Taft für den Kragen des längst ersehnten und endlich ersparten Weihnachtskleides. Und so sagte sie: »Ich brauche etwas Taft, dunkelblauen Taft zum Kragen.«

Herrn Ploetzens runde, abwartende Leiblichkeit geriet in eilfertige Bewegung. »Haber natierlich, scheenen plauen Taft, kann ich tienen, kann ich tienen, Frau Pastorinchen …«

Er zog, flink und schwungvoll, die säuberlich auf ein Brettchen gewickelten Seiden aus dem Regal hervor und ließ sie, eine nach der andern, knisternd und glänzend über seine Hand entrollen.

»Scheene, schwere Seide«, murmelte er mit gespitzten Lippen, »kanz plank, pricht nicht, schleißt nicht, macht nur so vornehm schnurr-schnurr …« Er ließ die Seide rascheln und schaute seiner Kundin ins Auge, den Kopf auf die Schulter geneigt.

Aber die junge Frau Pastorin sah Herrn Ploetz überhaupt nicht an. Sie sah nur die Seiden. Sie holte eine kleine, neugierige Mädchenhand aus ihrem Muff hervor und strich damit über den Stoff. Wie kühl er sich anfühlte! Wirklich vornehm! Und dabei wärmte er doch, das wußte man, Seide wärmt immer. Aber sie sticht nicht am Halse wie diese dumme Wolle. Nun erschien auch ein dunkelblaues Wollpröbchen aus den Tiefen des Muffs und wurde auf die Seide gelegt. Ja, diese. Wie schön würde doch ein breiter Kragen auf der ernsten Wolle aussehen!

Eine Pastorin durfte natürlich keine auffallende Kleidung mehr tragen, das wußte die junge Frau. Weder grün noch rot, noch gelb. Zwischen braun, blau und schwarz lag jetzt ihre Farbskala, und höchstens noch weiße Blusen mit hohen englischen Stehkragen auf Fischbein … (Etwas Unsympathischeres konnte die junge Frau sich kaum vorstellen – weder singen noch schlucken konnte man mit diesen Dingern!) Aber hier – ein weicher Kragen, der bis auf die Schultern fiel und glänzte und knisterte ... Man würde sich darin fast so fühlen wie früher als junges Mädchen, als man den Studenten noch gefallen wollte. Jetzt wollte man ihnen natürlich nicht mehr gefallen. Jetzt war es nur noch einer, dem man zu gefallen hatte, der Ernste, Große, Dunkle und furchtbar Schöne, der unentwegt auf dem steinigen Pfad zum Reiche Gottes voranging und der sich entschlossen hatte, so ein kleines und eitles Wesen, wie man selber eines war, auf diesem steinigen Wege hilfreich mitzunehmen.

Ja, diesem wollte man gefallen, und sonst keinem. Aber diesem *durfte* und *sollte* man auch gefallen, das war geradezu eheliche Pflicht! Nur hatte er leider schon manchmal gesagt, wenn man sich Mamas Armband mit dem blauen Stein umgelegt oder die Stirnlöckchen mit der Brennschere besonders schön gekräuselt hatte: »Aber Kind, wozu das? Auf solche Dinge sehe ich doch gar nicht! Es kommt mir nur auf dein Gesicht an. Meinetwegen könntest du in Sack und Asche gehen – oder überhaupt nichts anhaben.« Aber das hatte er bestimmt nicht so gemeint.

Also um dieses Mannes willen mußte man den schönsten Taftkragen am langweiligen wollenen

Weihnachtskleid haben – und außerdem, weil er so kühl und vornehm war und am Halse nicht stach.

Die junge Pastorin legte ihre Hand auf die blaue Seide, die am besten zu ihrer Wollprobe paßte. »Wieviel würde das denn kosten?« fragte sie.

Herr Ploetz wurde sogleich traurig und seine Stimme ganz leise. »Zwei Rubelchens die Elle«, antwortete er und hob die Schultern, um anzudeuten, daß er an diesem hohen Preis unschuldig sei.

Zwei Rubel! Die junge Pastorin mußte tief einatmen, um dabei zu verbergen, wie heftig ihr dieser Preis in die Glieder fuhr. Anderthalb Ellen würde sie bestimmt zu ihrem Kragen brauchen. Das waren drei Rubel – die gleiche Summe, die sie jeden Monat von ihrem Haushaltungsgeld für die Zukunft zurücklegen wollte.

»Wir müssen für die Zukunft sparen«, hatte ihr Mann gesagt, als er ihr vor einem halben Jahr das erste gemeinsame Haushaltungsgeld aushändigte. Sie wußte nicht genau, was für eine Zukunft er meinte: die Kinder? Oder gar schon Krankheit und Alter? Von allen dreien war fürs erste noch nichts zu merken. Man war gesund und jung, und nicht ein einziges Kind schien die Absicht zu haben, sich in die Arme der jungen Pastorin zu begeben, um von ihr gewiegt, geküßt, geliebt – und nur unzureichend erzogen zu werden, wie ihr Mann schon jetzt befürchtete.

Nun ja. Jedenfalls hatte sie bisher jeden Monat

pünktlich drei Rubel für »die Zukunft« zurückgelegt – und nun sollte sie für einen dummen Taftkragen ebensoviel ausgeben? Vielleicht blieb für »die Zukunft« dann nichts mehr übrig, und das ausgerechnet im Dezember, im Weihnachtsmonat? Im Monat der Liebe und der Kinder?

»Herr Ploetz«, sagte die junge Pastorin und hob ihre Augen, die gar – gar niemandem mehr gefallen sollten, in einem plötzlichen Entschluß zu dessen mondgleichem Angesicht.

»Oj, oj«, dachte Herr Ploetz zum zweiten Mal an diesem Vormittag, »so scheene Augens – wie bei Kalbchen!«

»Herr Ploetz«, sagte sie also. »Dies ist ja doch eigentlich nur sehr wenig Taft ... nur noch ein Rest ... können Sie ihn mir nicht etwas billiger abgeben?«

In Herrn Ploetzens Seele begann es zu arbeiten, man sah es deutlich am Zucken seiner Wangen, und nun mußte die junge Pastorin doch aus irgendwelchen unerfindlichen Zusammenhängen an den unseligen Herrn Popow denken ...

Das gerührte Wohlgefallen an dem anmutigen Geschöpf vor ihm kämpfte mit der oft erprobten und stets vorteilhaft bewährten kaufmännischen Anlage des Ploetz'schen Wesens, und nach einigen Augenblicken hatte die kaufmännische Anlage gesiegt.

»Knädijes Frau Pastorinchen«, flüsterte er mit

niedergeschlagenen Augenlidern, »altes Ploetz ist ein armes Mann – altes Ploetz ist pillich; pillicher kann altes Ploetz nicht sein.«

Eine schnelle Blutwelle stieg in das schöne rosa Gesichtchen unter der Fellkappe. Herr Ploetz sah es wohl, trotz niedergeschlagenen Augen.

»Natürlich, ich hätte Sie nicht fragen sollen …«, flüsterte die junge Frau. »Ich muß es mir noch überlegen. Auf Wiedersehen, Herr Ploetz …«

Während sie noch einen letzten kurzen Blick auf die blaue Seide warf, die im Schneelicht des Tages und der früh angesteckten Gasbeleuchtung des Herrn Ploetz zwiespältig glänzte, füllten sich ihre Augen mit Tränen. Auch dieses sah Herr Ploetz, obgleich der Schleier über dem erglühten Gesicht schnell herabgezogen wurde.

»Knädijes Frau Pastorinchen türfen nicht zu lange ieberlejen, Stoffchen ist nur wenig!« rief er hinter ihr her. Darauf fiel die Glastür mit bellender Schelle ins Schloß.

Solches geschah am Sonnabendvormittag vor dem zweiten Advent.

Während des Mittagessens im Pastorat war die junge Pastorin so schweigsam, daß es sogar ihrem Mann auffiel, obgleich er mit seinen Gedanken schon bei seiner Predigt war, für die er sich stets den Sonnabendnachmittag vorbehielt.

Es war nämlich ein herrlicher Text, dieser Zweite-Advents-Sonntag-Text! Ein Text so recht nach seinem Herzen, bei dem man der im Kirchenschiff schweigenden Gemeinde einmal tüchtig die Wahrheit sagen konnte, Wahrheit mit Horn und Schwanz!

Wie hieß es da? Zuerst: »Tut Buße!« Und dann hatte Johannes in der Wüste ein Kleid von Kamelhaaren an und einen ledernen Gürtel, und nichts von all dem Firlefanz, der heute zur Mode gehörte: Schleppen und hohe Absätze, Spitzenrüschchen und Siegelringe und seidene Krägelchen ... Außerdem ist die Axt den Bäumen schon an die Wurzel gelegt, und einer hat die Worfschaufel schon in der Hand und wird seine Tenne fegen ... Ja, es war ein herrlicher Text! Das Grauen konnte einem über den Rücken laufen, und trotz der winterlichen Kälte hörte man die Flammen der Hölle unter der Oberfläche brausen.

Mit einem Lächeln, in dem sich schon die schöpferische Stunde ankündigte, blickte der Pastor auf. Und da sah er seine kleine Frau sich gegenübersitzen, ganz jung, ganz rosig, mit gesenktem Blick und dem unschuldigen Rund ihrer Wangen. Sie stocherte im Suppenfleisch, das mit Meerrettichsauce und Kartoffeln, wie jeden Sonnabend, ihren Teller füllte. Immerhin waren es keine Heuschrecken mit Honig wie im herrlichen Text, und – Hand aufs Herz – darüber war der junge Pastor eigentlich ganz froh.

Er sah dieses junge Kind an, das er auf seinen steilen und kompromißlosen Schicksalsweg einfach mitgerissen hatte, weil er – ja, man muß ehrlich sein –, weil er es nicht zurücklassen konnte. Und wie immer, wenn er Elsbeth ansah, füllte sich sein Herz mit einer ganz unvorschriftsmäßigen Wärme. So war es schon gewesen, wenn er sie in ihrem Elternhaus gesehen hatte, wo sie am Flügel stand und die ›Rosenlieder‹ sang. So war es auf der Schlittschuhbahn gewesen, ja horrible dictu, sogar in der Kirche, wenn ihr Rosenhut auf der Empore erschienen war und er darunter ihr andächtig erschlossenes Gesichtchen ahnte.

Jedenfalls, jetzt war es geschehen. Jetzt saß dieses Kind seit einem halben Jahr an seinem Mittagstisch und war seine Frau.

»Du bist so still, Elsbeth, fehlt dir etwas?«

Die junge Frau fuhr ganz leicht zusammen, so, als ob sie auf fremden Gedankenwegen ertappt worden wäre. Sie blickte kurz auf, lächelte ein wenig und schüttelte den Kopf.

»Nein, mir fehlt nichts.«

»Dann schmeckt dir wohl das Suppenfleisch wieder einmal nicht?« bemerkte der Pfarrer. »Dabei aß Johannes in der Wüste immer Heuschrecken mit Honig.«

»Die müssen ganz komisch zwischen den Zähnen geknirscht haben«, flüsterte seine kleine Frau.

Aber das hörte er schon nicht mehr. Seine

Gedanken nahmen bereits wieder Besitz von den Dingen seines herrlichen Textes. »Ich bin die Stimme eines Predigers in der Wüste«, dachte er. Und: »Ihr Otterngezücht, wer hat denn euch gewiesen, daß ihr dem künftigen Zorn entrinnen werdet?«

Die junge Pastorin schwieg wieder. Sie merkte, daß es ihrem Mann jetzt nicht mehr auffiel. Sie konnte ruhig über den blauen Taft, die drei Rubel und die »Zukunft« nachdenken. Er war bei seiner Predigt. Er war groß und fern. Das Feuer des Geistes nahm von ihm Besitz. Sein schön geschwungener Mund lächelte, aber er lächelte nicht für sie. Sie kannte das. Es hatte keinen Zweck, ihn an diesem Nachmittag mit ihren kleinen, dummen Sorgen zu belästigen.

Aber am Sonntagmorgen vor dem Gottesdienst beim gemütlichen Kaffeestündchen, da hatte es bestimmt mehr Zweck, dachte die junge Pastorin. Am Sonntagmorgen nahm sich der Pastor immer Zeit. In Dorpat begannen alle Gottesdienste erst um elf Uhr, – ob um der Studenten, der Professoren oder um des akademischen Viertels willen, war nicht zu ermitteln. Im übrigen wurde in baltischen Landen allenthalben gut gegessen und gern geschlafen …

So nahm sich der Pastor auch am kommenden Sonntagmorgen Zeit, schlürfte seinen Kaffee und rauchte seine Zigarre. Die Predigt, wohl bedacht und reich formuliert, ruhte in seinem Inneren und brauchte nur hervorgeholt zu werden. Der Küster war unterrichtet. Der Organist spielte die gewünschten Choralsätze schnell noch einmal durch. Alles war, wie es sein sollte. Warum sich also des stillen, seltenen Morgenstündchens nicht von Herzen freuen?

Die junge Pastorin rechnete auch, daß er in dieser Stunde besonders aufgeschlossen und besonders sanftmütig sein würde. Denn wenn man binnen kurzem den Segen erteilen und anderen Menschen die Sünden vergeben will, muß man dann nicht so etwas Ähnliches wie Gottes Nachsicht und Barmherzigkeit in seinem Herzen tragen?

Also nur Mut!

Sie hob den Kopf von ihrem Eierbecher, in welchem sie die Kuppe des Eies nachdenklich zerschlagen hatte, und begann: »Du sagtest mir einmal, wir sollen für die Zukunft sparen.«

Der Pastor horchte auf. »Ja, wieso?« fragte er, während in seinem Kopfe holde Bilder heraufdämmerten. Ob das der Anfang eines zarten Geständnisses werden sollte?

Die junge Frau fuhr fort: »Ich habe das auch immer heimlich getan. Jeden Monat habe ich drei Rubel vom Monatsgeld zurückgelegt. Das sind jetzt schon achtzehn Rubel.«

»So hatte ich das freilich nicht gemeint, aber es war schön von dir!« lobte der Pastor.

»Und?«

»Nun weiß ich nicht, ob mir das jetzt im Dezember auch auskommen wird. Ich möchte mir für mein blaues Weihnachtskleid einen seidenen Kragen kaufen, und der wird genau drei Rubel kosten. Die drei Rubel, die ich sonst zurückgelegt hätte. Was meinst du dazu? Es ist ein Kragen von Taft ...«

Der Pastor schwieg einen Augenblick, während seine hohe Stirn sich umdüsterte. Also *das* war es! Modischer Firlefanz und nichts von zarten Geständnissen!

Er fragte: »Hältst du so einen Taftkragen denn wirklich für unbedingt notwendig?«

»Notwendig nicht, aber schön«, zwitscherte die junge Frau.

Der Pastor räusperte sich und schüttelte den Kopf. »Überleg mal, Elsbeth«, mahnte er, »was wollen wir denn lieber sein, gut oder schön?«

»Ich möchte beides sein.«

»Aber Elsbeth, kein Mensch kann zween Herren dienen! Wir müssen wählen, ob wir Gott gefallen wollen oder den Menschen.«

»Ich möchte beiden gefallen.«

»Und dafür brauchst du ein Stück Seide für drei ganze Rubel ... für drei Rubel Taft zum Kragen ... drei Rubel, die wir sonst für die Zukunft zurücklegen könnten!«

»Ich habe doch schon achtzehn Rubel, ganz freiwillig ...«, erinnerte die junge Frau schüchtern.

»Ja, aber immerhin – sollen wir uns in Seide kleiden, während ich in meiner Predigt heute ausgerechnet davon sprechen will, daß Johannes in der Wüste ein härenes Gewand trug und daß dies in krassem Widerspruch dazu steht, wenn unsere Damen jetzt schon anfangen, sich Seiden und Spitzen und Flitterzeug für die Landtagsbälle in Riga zu kaufen? Ich will den Menschen einen Spiegel über die Nichtigkeit dieser Dinge vorhalten, – und du willst Taft zum Kragen!«

Der Pastor stand auf. Irgendwie verging ihm die Gemütlichkeit über diesem Gespräch. Er begann zwischen Tisch und Ofen hin und her zu wandern, und da seine Frau nicht antwortete, sondern ohne zu essen in ihren Schoß blickte, sprach er weiter: »Meinst du nicht, daß du Gott ohne taftenen Kragen besser gefällst?«

Der braune Kopf mit dem unschuldigen Wangenrund schnellte empor. »Ich glaube, Gott ist nicht so kleinlich«, kam es aus einem weichen Mund.

Des Pastors Rücken straffte sich. Der ganze Mann erhob sich zu seiner stattlichen Länge, und aus dem breiten Brustkorb strömte die Stimme nun lauter und tiefer, einer heiligen Empörung deutlich Ausdruck verleihend: »Aber erlaube mal, Elsbeth – so kleinlich wie wer? Und was für Worte sprichst du da eigentlich in Verbindung mit Gott? Wie kannst du Seinen Namen überhaupt in

Verbindung mit deinen lächerlichen Angelegenheiten nennen? Kleinlich sagst du? Kleinlich? Ja, wahrhaftig, kleinlich ist Er nicht, der die Gestirne schuf und über die Ewigkeiten herrscht ... Der da die Menschen lässet sterben und spricht: Kommet wieder, Menschenkinder! Vor dem tausend Jahre sind wie ein Tag und eine Nachtwache ... Was weißt du von Ihm, für den du ein Staubkorn bist, ein Hauch! Du, deren Verstand nicht ausreicht, auch nur den Saum Seines Gewandes zu erkennen ...«

Während dieses gewaltigen Wortregens wurde die junge Frau auf ihrem Stuhl ganz klein. Erst als ihr Mann Atem schöpfte, wagte sie zu flüstern: »Ja, natürlich, du hast recht, ich weiß nichts von Gott und Seiner Majestät, außer dem einen: daß Er mich lieb hat!«

»Lieb hat? Dich? Das Staubkorn?« rief der Pastor und schaute vernichtend in ein Paar aufgerissene Augen, aus denen ratlose Verwirrung geradezu schrie.

Diese Verwirrung ernüchterte ihn sogleich, und leiser fuhr er fort: »Ach, natürlich liebt Er dich auch, wie Er jeden Menschen liebt, sogar den Verbrecher. Aber ich wollte nur sagen, daß Schönheit oder Klugheit, Jugend oder eine gute Familie noch lange kein Grund sind, sich gleich zu den Auserwählten zu zählen ...«

»Das habe ich auch gar nicht gesagt!« unterbrach ihn seine Frau, nun wieder aus den Fluten ihrer Demut und Verwirrung auftauchend. Ja, ihre Stimme klang sogar fest und abwehrbereit. »Ich habe nur gesagt, daß Gott mich liebt, und ich liebe Ihn auch.«

Der Pastor, der nun wieder Boden unter den Füßen hatte, fügte bedächtig hinzu: »Ja, aber die *rechte Liebe* muß es sein, *Furcht* und Liebe. Man darf Gott nicht verniedlichen, weil man selber niedlich ist. Ihn und ein Stückchen Taft zum Kragen sollte man nicht in einem Atemzug nennen. Man sollte Ihm zuliebe einfach wortlos darauf verzichten.«

Die junge Frau besann sich einen Augenblick, dann rief sie hell: »Aber ich tue Ihm mit meinem Taft doch gar keinen Abbruch! Er hat doch auch die Seiden geschaffen, damit man sich an ihnen erfreut. Die Lilien auf dem Felde hat Er sogar noch viel schöner angezogen! Und darum liebe ich Ihn und bin Ihm dankbar, und du kannst sagen, was du willst, – ich würde nicht einmal Angst haben, heute in der Kirche wegen des dummen Taftes zu Ihm zu beten.«

»So würdest du also ruhig mit dem lieben Gott sozusagen gemeinsame Sache gegen mich machen?« fragte der Pastor dagegen schneidend vor Zorn und Verachtung.

»Eberhard! ...«

Er sah sich um, das dunkle Prophetenhaupt tief

umwölkt, – und zum zweiten Mal an diesem Morgen sah er in die gleichen verwirrten, fast muß man schon sagen: entgötterten Augen.

(»Oj, oj«, hätte Herr Ploetz warnend zu sich gesprochen!)

Aber auch der Pastor spürte etwas wie eine Warnung, und sich zurücknehmend fuhr er fort: »Natürlich nehme ich das nicht wörtlich, ich meine nur, daß ein solches Gebet mir wie eine Blasphemie erscheinen würde. Gott – und Taft zum Kragen! Diese irdischen Dinge sind da, oder sie sind nicht da, – man betet nicht um sie! Steht denn im Vaterunser irgendeine ähnliche Bitte? Es geht um der Seelen Seligkeit und nicht um Taft. Auch unsere Gebete können uns den Weg in den Himmel versperren, hast du darüber noch niemals nachgedacht? Gott ist kein Magier, der uns unsere Wünsche erfüllen hilft ...«

»Nein, aber Er ist unser Vater, das habt ihr mich immer gelehrt! Alle habt ihr mir das gesagt, alle!« Sie schrie es mehr, als sie es sagte. »Und zu einem Vater soll man doch Vertrauen haben, so wie ich zu meinem leiblichen Vater auch Vertrauen habe. Mit jeder Kleinigkeit bin ich zu ihm gelaufen, und er hat mich immer angehört, immer. Ob er dann meine Bitte auch erfüllte oder nicht, das war seine Sache. Ich habe es ihm nie übelgenommen, wenn er mal nein sagte. Und jetzt – Gott – der *liebe* Gott, der allmächtige Vater, – und ich soll nun nicht mehr zu Ihm gehen dürfen und Ihm alles sagen, Ihn um alles bitten ...«

Nach diesem Ausbruch war es längere Zeit still im Speisezimmer des Pastorats. Nur das Holz im Ofen knackte, die Kaffeemaschine summte und die alte Wanduhr tickte. Draußen, hinter den Tüllgardinen, fiel der Schnee.

Schließlich blieb der Pastor vor dem Ofen stehen und schaute in die Glut der Birkenscheite. Er sagte langsam: »Ja, das alles hat nun nichts mehr mit meiner Auffassung von Gott oder mit irgendeiner Theologie zu tun, – aber für schwache und törichte Seelen mag auch diese Art von Gebet ihren Trost in sich tragen.«

Danach sah er nicht mehr zum dritten Mal an diesem Morgen in die Augen seiner Frau, sondern zog seine goldgekettete Uhr, an der ein Band in den Farben der Livonia hing, aus der Tasche und blickte darauf.

»Du liebe Zeit«, rief er erschreckt, »jetzt vergessen wir über diesem verd ... na, also, über diesem Taft zum Kragen noch um ein Haar die Kirche! Mach dich schnell fertig! Und wisch dir etwas übers Gesicht, es braucht nicht gleich die ganze Gemeinde zu sehen, daß du am heiligen Sonntagmorgen geweint hast.«

Die junge Pastorin hätte sich während des ganzen Weges zur Kirche mit einem feuchten Schwamm übers Gesicht wischen müssen, und auch das hätte kaum etwas geholfen. Auch der eng anliegende Schleier half nichts. Die Tränen quollen unaufhaltsam aus den Augen, sie konnte nichts daran ändern. »Hör doch auf, die Sache ist das doch gar nicht wert!« flüsterte ihr Mann, als ihnen auf dem Domberg der Professor für Chirurgie mit seinen sechs vorlauten Töchtern entgegenkam.

Ja, daß der Taft diese Tränenströme und diese Erschütterung nicht wert war, wußte die junge Frau auch, und sie hatte bereits auf ihn verzichtet. Etwas völlig anderes preßte die Tränen aus ihrem Herzen. Nur langsam dämmerte es in ihr auf, was das war. Ein Götterbild war in ihr zusammengestürzt. Nicht das Bild Gottes! Das stand unantastbar in ihrer Seele, über jeden Zweifel erhaben, wie immer in den Seelen der von Natur aus Gläubigen.

Daneben hatte sie sich aber ein zweites Götterbild aufgerichtet, und das rächte sich nun. Der schöne, dunkle Gott war an diesem Vormittag plötzlich in Scherben zerfallen. Es hatte sich gezeigt, daß er doch schließlich nichts anderes war als ein Mensch wie alle anderen. Ja, ein sehr von sich überzeugter, – fast muß man schon sagen, ein eitler Mensch, durch dessen Schale von Liebe und Christlichkeit plötzlich geschliffene Härte und Eigenliebe durchblitzten.

So sah das Götterbild aus, dem man sich mit Haut und Haaren anvertraut hatte – und man durfte trotzdem nicht ablassen, es unvermindert weiterzulieben …

Auch dem jungen Pastor war nicht ganz wohl auf diesem Wege zur Kirche. Er hatte das undeutliche Gefühl, als sei ihm heute morgen etwas danebengelungen, und er wußte bloß noch nicht, was. Jedenfalls hatte er, bei ruhiger Überlegung, seine Frau nicht höher zum großen Gott herangeführt, wie es sich geschickt hätte, sondern …

Was nun eingestanden werden mußte, trat so schwer über die Schwelle des Bewußtseins, daß es bis zum Eintritt in die Sakristei noch nicht präzise in Gedanken gefaßt werden konnte. Hier aber galt es, die Dinge des Amtes zu versehen, und alle profanen Ablenkungen hatten zu schweigen.

Unterdessen versammelte die Gemeinde sich unten in der Kirche. Die junge Pastorin saß auf ihrem Stammplatz hinter dem Professorengestühl mit dem Profil zum Kirchenschiff, allen Blicken preisgegeben. Und natürlich sahen es auch alle. Eine von den guten, alten Kanzelschwalben, die jeden Sonntag mit verklärtem Gesicht den Worten ihres Mannes lauschten, neigte sich sogleich zu ihr und flüsterte: »Sie sehen schlecht aus, Kindchen, fehlt Ihnen etwas?«

Und eine der vorlauten Professorentöchter flüsterte ihrer Freundin ins Ohr: »Natürlich Ehekrach, was denn sonst?«

In den Bänken des Kirchenschiffs, schon mehr

unter dem anonymen Kirchenvolk, saß auch Herr Ploetz. »Oj, oj«, dachte er, als er die junge Frau Pastorin sah, und irgendwoher erschien das dunkelblaue Stück Taft vor seinem geistigen Auge, das er gestern sorgsam beiseite gelegt hatte, falls die junge Frau Pastorin es sich doch noch »ieberlejen« sollte.

Und so begann denn der Gottesdienst. Er verlief wie immer zu aller Zufriedenheit, bis – doch zunächst sind wir erst bei der Predigt. Auch sie verlief zur Zufriedenheit. Das Grauen, das der Pfarrer zu Hause beim Mittagstisch vorgefühlt hatte, lief seinen Hörern tatsächlich über den Rücken, und sie hörten die Flammen der Hölle unter der Oberfläche brausen. Die Landrätinnen überlegten sogar, ob sie nicht an der Seide für die Ballkleider ihrer Töchter einige Ellen einsparen könnten.

Nur der Pfarrer selbst fühlte nicht das Glück einer wohlgelungenen Schöpfung. Wenn er mit seiner klingenden Stimme rief: »Tut Buße!« – dann fühlte er sich in einer gespenstischen Weise selber angerufen. Und wie war es mit der Stimme eines Predigers in der Wüste? Was ging ihn denn die Wüstenei dort unten im Kirchenschiff eigentlich an, solange sein eigenes Herz, das an den Ereignissen des Morgens noch herumknackte, selber einer Wüste so verdammt ähnlich sah?

Ja, ihr Otterngezücht, wer hat denn euch gewiesen, daß ihr dem künftigen Zorn entrinnen werdet? ... Hatte Johannes dieses Wort nicht direkt auf ihn gemünzt, der er seiner eigenen Frau das Himmelreich mit seinen weisen Worten vielleicht eher versperrt als aufgeriegelt hatte? Sie hatte seine Worte ja gar nicht nötig, sie war ja reinen Herzens, sie schaute Gott ohnehin!

Auch die Axt an der Wurzel der Bäume und die Worfschaufel, die die Tenne reinfegte, bekamen plötzlich ihren echten, tief beängstigenden Sinn.

Und schließlich war es der Pfarrer selbst, der vielleicht als einziger die Feuer der Tiefe wirklich brausen hörte.

Als er aus dieser sonderbaren Predigt auftauchte, blickte er, wie immer, nach dem Gesicht seiner Frau unter der Kanzel, um aus ihren Zügen Zustimmung oder Ablehnung herauszulesen. Aber er sah ihr Gesicht nicht, sondern nur ihre Fellkappe und die Zipfel eines winzigen, spitzenumrandeten Taschentuches.

Dem jungen Pastor wären fast selber die Tränen gekommen, wenn er nicht eine zornmütige Natur gewesen wäre. So aber knirschte er, trotz des geheiligten Platzes, auf dem er stand, in sich hinein: »Oh, dieser verdammte Taft zum Kragen!«

Dann begann er, wie sich das gehört, die Sterbefälle vorzulesen.

Aber auf der Kanzel soll man nicht lachen. Der Taft stand nun nicht nur vor Herrn Ploetzens, sondern auch vor des Pastors innerem Gesicht, und als die Worte der Fürbitte durch die stille Kirche schwangen, sprach er es laut und deutlich aus: »Herr, gib uns Taft zum Kragen ...« Stille – – »Ja, Kraft zum Tragen gib uns, Herr ...«

Wie der junge Pastor nach diesem Gebet die Stufen zur Sakristei hinuntergekommen war und wie er nachher das Vaterunser und den Segen gesprochen hatte, das wußte er später nicht. Er wußte nur, daß seine Ohren brausten und sein Kopf glühte.

Er, der seiner Frau die unschuldige Kinderbitte um den Taft untersagt hatte, er, der mit großen Worten um sich geworfen und sie zu den Schwachen und Törichten gezählt, – er hatte selber öffentlich und vor der ganzen Gemeinde um Taft zum Kragen gebetet ...

»So etwas kann jedem passieren! Es war ein lapsus linguae, lieber Bruder«, sagte der alte Probst in der Sakristei und klopfte ihm tröstend auf die Schulter. Aber der junge Pastor bemerkte deutlich das belustigte Zwinkern in seinen Augen. Dieses Zwinkern würde heute nun an allen sonntäglichen Mittagstischen zu finden sein, in den Konventsquartieren der Studenten, in der Ressource und Bürgermuße, im Getuschel der vorlauten Backfische und in den Kaffeekränzchen der guten Kanzelschwalben. Er kannte doch seine Landsleute! Wie sollte er je wieder diese Kanzel besteigen?

Seine Frau saß unterdessen völlig erstarrt auf ihrem mit Wachstuch bezogenen Kirchenstuhl.

Selbst ihre Tränen waren erfroren, und das Spitzentüchlein war kraftlos in ihren Schoß geflattert. Ihr kleines, rosiges Gesichtchen war gar nicht mehr rosig, sondern völlig blaß. Sie spürte die unruhige, das Schmunzeln verdeckende Bewegung, die vom ersten bis zum letzten Platz durch die Kirchenbänke lief, und plötzlich schlug eine Welle rötesten Blutes in ihre Stirn hinauf.

»Wie furchtbar«, stammelte ihr Herz, »Eberhard ... wie wird sein Selbstbewußtsein das ertragen? Daß Gott jetzt über ihn lächelt, wird ihm ja nicht so schlimm sein – aber die Menschen ...«

Es gab noch einen in der Kirche, der auch nicht lächelte. Und das war Herr Ploetz. Als die Worte des seltsamen Gebetes in seine runden Ohren fielen, stöhnte er diesmal ganz laut: »Oj, oj, oj«, und blickte zwischen seinen Knien hindurch tief auf den Fußboden der Kirche. Die Zusammenhänge waren ihm ganz klar. Und er spielte in dieser kleinen Tragödie keine unbedingt vorteilhafte Rolle. Wie war es zum Beispiel mit dem »pillicher ablassen«? Vielleicht hätte die junge Frau Pastorinchen dann heute nicht mit so verheulten Kalbchenaugen vor all den vielen Menschen dasitzen müssen, und der Herr Pastor hätte nicht beim lieben Gottchen um Taft zum Kragen gebetet. Und das Otterngezücht ... und das höllische Feuer, das tichtig prennen würde ... Herr Ploetz schaute auf, ganz kurz, und sah das erstarrte rosa Gesichtchen, das nicht mehr rosa war. Danach schaute er nicht mehr auf.

Der Heimweg durch das adventliche Schneegestöber verlief ziemlich schweigsam. Nur einmal fragte der junge Pastor: »... haben es wohl alle ganz deutlich gehört?« Und seine Frau nickte mit dem Kopf und flüsterte: »Ja, alle ...«

Der Sonntagsbraten mit der Schmantsauce schmeckte auch nicht, und die Köchin trug ihn verstört wieder in die Küche zurück. Nicht ein einziges Wörtchen fiel unterdessen im Speisezimmer.

Dann klingelte es leise an der Haustür.

Die junge Pastorin, froh, dem kummervollen Schweigen ein wenig zu entwischen, ging selber öffnen. Vor der Tür stand niemand, nur frische, winterliche Luft. Aber auf der Fußmatte lag etwas. Es war kein Findelkind, dazu war es zu klein. Aber es fühlte sich weich und angenehm an, und auf dem soliden Papier stand in schnörkeliger Schrift: »Für Frau Pastorinchen!«

»Ach«, hauchte die junge Frau und schlich leise ins schweigsame Speisezimmer zurück. Vor seinem Teller mit »rosa Manna« saß ihr Mann und hatte die Stirn in beide Hände gestützt.

»Sieh«, sagte sie und entnahm dem soliden Packpapier den kühlen, knisternden Taft zum Kragen; er war säuberlich auf sein Brettchen gewickelt. »Sieh, nun hat der liebe Gott dein Gebet doch erfüllt ...«

Der junge Pastor hob den Kopf. Er sagte nicht, wie er es am Morgen dieses Tages wahrscheinlich noch getan hätte: »Bring das sofort zurück, ich will es nicht sehen!« Nein, er stand auf, nahm seine Frau in die Arme, preßte sie fest an seine breite Brust, durch die der Atem hörbar strömte, und murmelte: »Verzeih mir, Elsbeth!«

Womit wir zum Anfang zurückkehren, wo die Behauptung steht, daß Gott selbst unbedeutende Fehlleistungen der Seele gebrauchen kann, um Seinen Kindern aus Seinem Überfluß zu schenken, – nicht nur das Gute, sondern auch das Schöne.

Tante Tüttchen

Heute will ich von einem estländischen Gutshaus erzählen, und besonders von einem seiner Bewohner – von unserer Tante Tüttchen.

Das Gutshaus lebt heute nicht mehr. Es ist wahrscheinlich seit Jahren vom Erdboden verschwunden, und über seinen zerfallenen Steinen wachsen Huflattich und Brennesseln mit ihrem ungestümen Duft. Aber in unserem Herzen lebt es noch unzerstört, mit seinen blanken Fenstern, seinem säulengetragenen Giebel und seinen breiten Kalksteinstufen.

Und wenn wir auch jetzt in fremden Zimmern wohnen und unsere Hände täglich auf Türklinken legen, die wir nicht kennen und lieben, und wenn auch niemals abends in der Dämmerung die Erlebniskräfte vergangener, blutseigener Generationen wie Rauch unter der Decke und in den Fensterecken unserer Stuben hängen, – so wissen wir es doch ganz genau:

In jenem alten Hause trug jeder Türgriff unveräußerlich die Spuren liebender Hände, und die

Vergangenheit anderer Geschlechter weste oft so stark in Boudoir, Saal und Treppenhaus, daß es uns Kinder im Rücken anrührte, wenn wir in der Dämmerung durch die stumm ergrauenden Räume gehen mußten. Wir gingen dann nicht, wir liefen, und die Augenblicke, in denen das Fremde, Gewesene auf uns zukam, dehnten sich dennoch zu kaum erträglicher Spannung. Niemals später ist mir der kleine Weg von Tür zu Tür wieder so sehr ein Teil der Ewigkeit gewesen wie in jenen kindlichen Dämmerungen.

Seit hundert Jahren, oder noch viel länger, stand die Fichte mit breit ausladenden Ästen zu Weihnachten im Saal, immer an der gleichen Stelle, und ihre hundert Kerzenflammen spiegelten sich in den Augen der Eltern, der Kinder und des Gesindes. Die Kinderaugen änderten sich von Jahr zu Jahr, die Fichte stand an der gleichen Stelle. Die Augen wurden Vateraugen – Großvateraugen – schließlich waren sie nicht mehr da. Die Fichte stand an der gleichen Stelle, und neue Kinderaugen spiegelten längst die hundert Kerzenflammen wider.

Der Schnee fiel auf das Dach, er wehte zu hohen Wächten, aber das Dach trug ihn, bis die Märzensonne kam und ihn in unzählige Tropfen zerschmolz. Dann gab es nachts die langen Eiszapfen, immer an den gleichen Stellen über der Küchentür und dem rechten Stallfenster. Aber die Sonne wurde stärker, und der ganze Schnee floß durch die Rinnen davon – seit hundert Jahren schon, oder noch viel länger.

Vom Giebelfenster aus hörte man die Sprosser im Park schlagen – wir nannten sie Nachtigallen. Der Heuduft von der großen Lichtung zog herein und der Ruf der Schnarrwachtel, ununterbrochen, Sommernächte lang – seit hundert Jahren schon, oder noch viel länger, viel länger.

Das Haus stand und behütete die Kinder in sich, die geboren wurden, und die Greise, die starben. Es ließ die Knaben zu seiner Tür hinausspringen, und es ließ die Särge hinaus, die schwarzgekleidete Diener trugen. Es stand und diente und hütete, es erzog und verbarg. Und die Erlebniskraft von Geschlechtern blieb – wie Rauch – unwägbar unter den Decken und in den Fensterecken hängen.

Natürlich gibt es auch andere Gesichtspunkte, unter denen man so ein altes Gutshaus betrachten kann, zum Beispiel den des modernen Komforts. Modernen Komfort gab es nicht. Von Heizung war keine Rede. Aber jeden Morgen platschte ein junges Estenmädchen auf wollenen Socken durch alle Zimmer und stellte neben jeden Kachelofen einen rundaufgebogenen Holzkorb voller Birkenscheite. Sie trug dabei immer eine brennende Kerze in der freien Hand, denn die Öfen mußten früh geheizt werden, lange bevor der Wintermorgen dämmerte.

Dasselbe Estenmädchen lief später, wenn es hell wurde und die Herrschaften aufstanden, mit großen emaillierten Wasserkannen in alle Schlafzimmer und stellte kaltes und heißes Wasser auf die Waschtische. Denn auch an Wasserleitungen dachte kein Mensch. Man war stolz, wenn von der Pumpe im Hof ein dickes Bleirohr in die Küche führte. Hier gab es einen Wasserbehälter. Wenn nun ein muskelstarker Gärtnerbursche den Ausfluß der Pumpe mit einem Holzklotz verkeilte, dann konnte er das Wasser durch das Bleirohr in die Küche pumpen. Das war eine mächtig moderne Einrichtung! In den meisten Fällen begnügte man sich einfach mit der Pumpe im Hof oder mit dem sorgsam abgedeckten Ziehbrunnen. Denn so hatten die Väter das auch schon gemacht, und die Livländer hielten sich gern an ihren Wahlspruch: *»Es bleibe beim alten.«*

Ich sehe unsere hohe Holzpumpe noch vor mir, winters das Bleirohr sorgsam mit Stroh umwickelt, und vor dem Ausfluß ein kleiner, welliger, spiegelblanker Hügel von Eis. Wir Kinder konnten den bleibeschwerten Schwengel kaum bewegen. Aber der Gärtnerbursche schwang ihn hoch, und im Sommer schimpfte er dabei mit unnachahmlichen estnischen Worten, wenn wir am kühlen, von seinem Strohkleid befreiten Rohr Aufschwung und Bauchwelle übten.

Ja, man lebte in jenen östlichen Breiten auch ohne Komfort sehr gemütlich. Anstatt des Eisschrankes gab es Schafferei und Handkammer, und schließlich den Eiskeller, der, viele Stufen tief in der Erde, winters mit riesigen Eisblöcken aufgefüllt wurde, die man aus dem nächstgelegenen See oder Fluß heraussägte. Im Sommer standen die Erdbeeren auf dem Eise, das seine klar-grüne Kälte von sich strahlte, – die Butter oder der Schmant. Das Fleisch lag dort, der Fisch, und in allen Regalen standen Hunderte von Eiern in ihren durchlöcherten Brettchen. Die Wände glänzten schwarz und feucht, und wenn man in die Wärme des Sommertages zurückkehrte, dann begriff man anschaulich, was die Eisberge für das Klima des Nordatlantik bedeuten mochten.

Anstatt der Garage gab es die Wagenremise, in der es nach Staub, Leder und Abenteuern duftete. Die Kaleschen ragten dort stumm und unheimlich groß und harrten ihrer nächsten Aufgaben. Im Stall daneben standen unsere 1-PS-Motore mit blankem Fell und gestriegelten Mähnen und bliesen mit großen, weichen Nüstern in den Hafer hinein, den wir ihnen auf flachen Händen reichten. Sie rochen nicht nach Benzin, sondern einfach nach Pferd, und wenn sie einen den sandigen Kirchhofsberg hinaufzogen, dann trat man nicht auf den Gashebel, sondern man sprang vom Wagen, um ihnen ihre Mühsal zu erleichtern.

Der Staubsauger erschien in Gestalt eines Mädchens mit hochgeschürzten Wollröcken, Eimer und Bohnerbesen, und der Mixer ließ sich durch jenen schon vorhin erwähnten muskelstarken Gärtnerburschen ersetzen, der den Pfefferkuchenteig schlug und die Blutwurst mengte. Im übrigen hatte man ja Zeit, eine ganze Stunde lang die Eier mit dem Zucker für den Biskuitteig zu verrühren.

Außerdem wären jetzt noch die Waschküche und das Badezimmer, das elektrische Licht, das Bügeleisen und die Kochplatte zu erwähnen.

Der Herd wurde mit echtem, anständigem Holz geheizt. Die Lampen füllte man täglich im eigens dafür vorhandenen Lampenzimmer mit Petroleum. Die Dochte wurden gereinigt, die Zylinder geputzt, und wenn es dämmerte, bekam jeder die ihm angestammte Lampe hingesetzt. Im Kinderzimmer war es aus Gründen der Sicherheit eine Hängelampe. Die Lampe im Boudoir der Hausfrau war aus Alabaster, und die Arbeitslampe des Herrn hatte einen vernickelten, verstellbaren Fuß. Allen diesen Lampen war es aber eigen, daß sie manchmal »blakten« und daß dann nach einiger Zeit ein sich steigernder Petroleumgeruch das Zimmer erfüllte, während Flöckchen wie schwarzer Schnee lautlos aus der Höhe herniederrieselten ... Wenn man dann gerade bügelte und die duftig weißen Stöße der Hemden und Schürzen sich häuften, dann ärgerte man sich, obgleich das Bügeleisen ohnehin nicht mit jener märchenhaft sauberen Elektrizität geheizt wurde, sondern mit glühenden Holzkohlen, die hinterrücks, wie in ein Öfchen, in den Bauch des Eisens hineingeschoben wurden.

Oder die Waschküche. In einem hallenden Gewölbe tief unterm Fußboden des Hauses wirkten drei Weiber mit knallroten, mächtigen Armen zwischen dichten Schwaden von Dampf und Bergen von Seifenschaum. Wenn man mich damals gefragt hätte, wo die Nornen in ihrem unterirdischen Reiche hausten, dann hätte ich den neugierigen Frager einfach in die Waschküche geführt.

Meine drei Nornen besaßen auch die »Rolle«, zwischen deren schneeweißen, hölzernen Walzen mit dem darüber gelagerten, fahrbaren Kasten die Wäsche »gerollt«, das heißt, ausgewrungen wurde. Der fahrbare Kasten war mit tüchtigen Findlingsblöcken beschwert, aber wenn eines von uns Kindern zufällig hinzukam, dann setzte eine der Nornen es mit ihren schaum-entstiegenen Händen oben auf einen der Findlingsblöcke, und es wurde, inmitten von Dampf und schräg einfallenden Sonnenstreifen, mitgerollt, das heißt auf dem Kasten über den Walzen hin und her gestoßen – für die kindliche Phantasie ein ungeheuerliches, schwebendes, urweltlich-umwölktes Geschehen.

Das Badezimmer lag neben der Waschküche. Baden war bei uns nämlich auch unbedingt mit Hitze, Dampf und großer Gemütlichkeit verbunden. Schon nachmittags wurde der Badeofen geheizt, bis die Temperatur im Badezimmer über 36 Grad lag. Sonst hielt man das Baden für gefährlich. (Kaltes Baden im Sommer war etwas ganz anderes!) Mehr als einmal in der Woche durfte nicht gebadet werden, auch das wäre gefährlich gewesen. Aber am Sonnabend saßen wir mit eingeschäumten Haaren zu zweien in der vernikkelten Wanne und ließen unsere Gummipuppe »Kwietscha« das Wasser wie eine Fontäne aus dem Loch zwischen den Schulterblättern entsprühen. Nachher rannten wir dann tief vermummt, in Fellpantoffeln und Kapuze, die steinerne Treppe zur Küche empor. Der Atem wölkte vor unseren heißen Gesichtern, und Tante Tüttchen klatschte in die Hände und rief hinter uns drein: »Schnell, schnell, sonst erkältet ihr euch ...«

So ein Gutshaus, fest gegründet und die Notwendigkeiten des Lebens in Behaglichkeiten verwandelnd, schien uns Kindern – und ich glaube, auch unseren Eltern – eine jener Daseinsgrundlagen zu sein, die einem schwerlich geraubt werden können; es sei denn, daß man sie freiwillig verläßt.

Bei dem Lied vom Hause, »das wir gebauet und darin auf Gott vertrauet hatten«, dachte ich immer an unser Haus. Es war eine unabdingbare Gegebenheit, es war einfach da, und Wetter, Sturm und Graus mußten vor seinen dicken Mauern haltmachen. Es konnte ja gar nicht brennen wie das Haus unseres Immajöggischen Nachbarn, das in einer Winternacht des Jahres 1905 in Schutt und Asche zerfiel. Sein Haus war aber auch nur aus Holz gewesen, kein stattliches Haus wie das unsere, weiß und aus Stein. Und wenn es vielleicht auch nicht für die Ewigkeit gebaut sein mochte, – einige Jahrhunderte konnte es noch gut bestehen, mit seinem Saal und seinen Kachelöfen, mit seinem Eiskeller und seiner Wagenremise, mit seiner Rolle und den rotarmigen Nornen, mit seinen Petroleumlampen, Handkammern und Kämmerchen …

Auch Tante Tüttchen hatte nie anders gedacht, als daß dieses Haus Grundlage und Gesetz ihres Lebens sei. Es hatte ihr ganzes Dasein vom Tage ihrer Geburt an umhegt und getragen. Es war das Dauernde und Bestehende, während Menschen fortgehen konnten oder starben. Jener junge Hauslehrer zum Beispiel war fortgegangen, die Schwester hatte geheiratet, und die Eltern waren gestorben. Das Haus aber war stehengeblieben, und man hatte mit allem Kummer ins stille Giebelzimmer zurückkehren dürfen. Man konnte die breite Kalksteintreppe unter dem Säulengiebel immer wieder hinaufsteigen, so schwer das Herz vielleicht auch war, man konnte in Mutters Boudoir flüchten oder sich im Giebelzimmer aufs Bett werfen und die Tränen weinen, die vor den Menschen verborgen bleiben mußten. – Man konnte am Flügel im Saal der Freude freien Lauf lassen, wenn der Flieder unter den Fenstern so überschön duftete, und man konnte über die Kalksteinstufen auch wieder hinausgehen, wenn man des bergenden Daches nicht mehr bedurfte. Das alles konnte man, – der bewegliche, flüchtige Mensch, der man war. Das Haus stand indessen und wartete, es umfing und entließ und war da, wenn man zurückkehrte.

Darum waren Tante Tüttchens Augen auch so ungläubig und verstört, als sie im Herbst des Jahres 1939 die Kalksteintreppe zum letzten Mal hinunterstieg, um sich der großen Umsiedlung anzuvertrauen und um, wie man ihr sagte, niemals wieder zu ihrem alten Haus zurückzukehren. Sie glaubte einfach nicht an die Endgültigkeit dieses Abschiedes. Gewiß, es gab leider Kriege in der Welt, und Menschen mußten leider manchmal Angst voreinander haben und fliehen …

Aber deshalb brauchte das Haus nicht gleich zu zerfallen und die Heimat nicht gleich auf Nimmerwiedersehen verlassen zu werden! Man konnte doch auch heimkehren! Und so verwandelten sich Tante Tüttchens verstörte Augen mit der Zeit in ganz gläubige Augen. »Wenn wir wieder zurückgehen werden«, sagte sie in den ersten Jahren, »wenn wir wieder nach Hause kommen ...« Und sie sagt es noch heute, während sie auf dem Rand ihrer Pritsche im Altersheim sitzt und durch die verschmierte Kalkwand hindurch in eine Ferne schaut, die wir nicht sehen. Das Altersheim war einst ein Fliegerhorst und steht auf einer Nordseeinsel zwischen den Baracken und Betontrümmern eines zerstörten Flugplatzes, Tante Tüttchen ist das gleichgültig. Sie denkt, daß dies ja doch nur ein Umweg sei zum weißen Säulengiebel, zu den Kalksteinstufen und dem Saal mit seinem Flügel. Welches Lied wird sie auf ihm spielen, wenn sie das alles wiedersieht?

»Nun danket alle Gott mit Herzen, Mund und Händen ...« Und Tante Tüttchen hat recht: sie wird das alles wiedersehen! Wenn sie einst im unfaßbaren Licht die Stufen zu Gottes Thron emporsteigen wird, dann werden es gewiß Kalksteinstufen sein, und sie werden zu einem säulengetragenen Giebel emporführen.

Wenn man Tante Tüttchen fragen würde, dann würde sie bestimmt sagen, sie sei in ihrem Leben immer glücklich gewesen. Aber sie würde bei sich selber wissen, daß sie nicht ganz die Wahrheit sprach. Denn auch sie hat manchmal geweint, nicht nur, als die Eltern starben oder als sie das Haus zum letzten Mal hinter den entlaubten Ästen des Obstgartens versinken sah ...

Da war zum Beispiel die Sache mit jenem jungen Hauslehrer. – Er war Studiosus der Theologie in Dorpat und sollte die jüngeren Brüder durch die Labyrinthe der lateinischen und griechischen Sprache führen. Er führte sie ein ganzes Jahr lang – und was war das für ein Jahr! Niemals seitdem kam der Frühling wieder so voller Sturm und Verheißung mit Finkenschlag in allen Gebüschen und Schneewasser-Strömen, die sich von den Feldern glitzernd in die überschwemmten Luchten* ergossen. Niemals wieder sangen die Sprosser im Park so verführerisch (später sangen sie immer nur sehnsüchtig oder traurig, so daß man das Fenster schließen mußte), niemals wieder duftete das junge Laub so berauschend, und die hellen Nächte waren niemals wieder so erfüllt mit schwebender Erwartung. Nie wieder waren die Krebspartien so spannend wie damals, als der Käscher des jungen Hauslehrers neben dem ihren im klar und nächtlich strömenden Wasser lag, nie wieder war eine Mazurka im großen Saal so atemberaubend, nie wieder schien der herbstliche Vollmond so hell durch die gelben Birken im Park ...

Ach, und diese funkelnde Wintersonne! Nie wieder stäubte der Schnee so frisch von den Tatzen der Tannenäste ins erglühte Gesicht wie auf jener

* Lucht = tiefgelegene Wiese im Flußtal

unvergessenen Fahrt im Traberschlitten, als der junge Hauslehrer seinen Arm stützend um Tante Tüttchens damals noch sehr schlanke, aber von einem Fahrpelz fest umhüllte Taille legte. Solches war bei Traberfahrten nicht nur erlaubt, sondern sogar ritterliche Sitte, Tante Tüttchen wußte das. Ob es auch zur ritterlichen Sitte gehörte, daß der starke Arm die zarte Taille manchmal mit behutsamer Wärme dichter in sich hineinzog, – das wußte Tante Tüttchen nicht. Sie war kein Fachmann in diesen Dingen. Und daher erhob sich in ihrem Herzen die Frage, ob man solchen befremdend-süßen Druck mit einer entsprechend-süßen Hinneigung zu beantworten habe oder ob man, stolz und unnahbar, den Rücken besonders steif machen müsse. Tante Tüttchens unerfahrene Jungfräulichkeit entschied sich für den Stolz, was leider zur Folge hatte, daß gegen Ende der Fahrt der sanfte Druck immer sanfter wurde und schließlich ganz aufhörte. Das mußte wohl sein. Tante Tüttchen fand die Fahrt beim ununterbrochenen Klingen der Schellen über das aufdämmernde Schneefeld in den roten Abendhimmel hinein trotzdem hinreißend schön. Was der junge Hauslehrer dachte, sagte er nicht. So sehr es der ritterlichen Sitte jener Zeiten und jenes nördlichen Himmelsstriches entsprach, seine Dame stets hilfreich zu stützen, so wenig entsprach es solcher Sitte, ihr mit Worten Auskunft über etwaige schwebende

Gefühle zu geben. Das war eigentlich schade, fand Tante Tüttchen später im Giebelzimmer.

Es war aber nicht nur schade, es wurde sogar schwer und traurig, als aus dem täglichen Schweigen (das immerhin noch ganz beredt sein konnte!) ein schweigender Abschied wurde, wie das im Frühjahr geschah, das nach diesem Winter anhub. Eine lange, tiefe Verbeugung – nicht einmal ein Handkuß – und der junge Studiosus sprang in den Wagen, der ihn nach Dorpat bringen sollte. Das Lederverdeck entzog ihn sogleich Tante Tüttchens verstörten Blicken.

Auf ihrem Schreibtisch im Giebelzimmer fand sie nachher ein Lederbändchen mit den Gedichten von Hölderlin. Auf der ersten, von Goldschnitt umrandeten Seite stand neben den Worten ›An Diotima‹ in bekannter Schrift etwas von tiefer Verehrung und unvergeßlichen Monaten zu lesen. Das war viel! (Wie kam das Büchlein überhaupt auf ihren Schreibtisch? Ob der junge Mann sich tatsächlich heimlich in ihr Zimmer gewagt haben sollte? ...) Ja, es war viel, und Tante Tüttchen vergoß Tränen des Glückes und des Schmerzes zugleich über diesen Schriftzügen.

Aber dieses Viel blieb auch alles, und das erwies sich auf die Dauer doch als zu wenig. Es kam kein Brief, – wie sollte er auch? Junge Leute verschiedenen Geschlechts schrieben sich damals keine Briefe, wenn sie nicht verlobt waren oder es zu tun gedachten. Und der junge Studiosus gedachte es offenbar nicht. Schließlich war er ein bürgerlicher Habenichts, und sie war ein Fräulein aus dem alten weißen Hause und einem noch viel älteren Geschlecht …

Es blieb also nichts als das Schweigen, das Bändchen ›An Diotima‹ und abends im Bett die niemand verratenen Tränen. Damals war es auch, daß sie damit begann, ihr Fenster zu schließen, wenn nachts die Sprosser im Park schlugen …

Im Laufe der Jahre hörte Tante Tüttchen noch manchmal etwas von dem jungen Studiosus. Er wurde ein bekannter Theologe und ging später nach Berlin. Er schrieb Bücher und hielt Vorträge, und die Wellen, die er in Berlin aufrührte, zogen ihre Kreise, wenn auch nur gedämpft, bis in das alte livländische Gutshaus. Tante Tüttchen verschaffte sich seine Bücher und las wie ein Backfisch heimlich und mit roten Backen. Zum Schluß holte sie aber immer ihr Lederbändchen ›An Diotima‹ hervor und blickte lange auf die nun schon verblassenden Schriftzüge von »tiefer Verehrung« und »unvergeßlichen Monaten«. Wie gerne hätte sie gewußt, ob in diesem reichen Leben die Schlittenfahrt mit dem halsstarrigen Fräulein wirklich unvergessen geblieben war?

Zum Glück blieb dieses aber nicht die einzige Liebe in Tante Tüttchens Leben.

Als ihr ältester Neffe, der Sohn ihres Bruders Gerry, geboren wurde und man ihn ihr, in der

Aufregung des Augenblicks, schreiend und ungebadet in die jungfräulichen Arme legte, schlug in ihrem Herzen eine Glocke an: es war wieder einmal die Liebe. Aber in wie verwandelter Gestalt! Nicht zu einem starken Mann, der stützen und fordern konnte, sondern zum Schwächsten und Hilflosesten, was es gibt: zu einem frierenden Kinde, das soeben nackt und bloß aus der Hand Gottes zur Erde geglitten war.

Sie schlug das schreiende Geschöpf in eine Windel und drückte es vorsichtig an ihre Brust, bis es schwieg und ein Paar dunkelblaue, unergründliche, völlig unschuldige Augen aufschlug.

Seitdem liebte sie dieses Kind, und es bedeutete Glück für sie, daß diese Liebe nicht unerwidert blieb. Der erste Mensch, den der kleine Wolf anlächelte, war Tante Tüttchen. Der erste, dem er krähend mit seinen unbeholfenen Schritten nachlief, war sie auch. Er hatte genauso blaue, großaufgeschlagene Augen wie sie, – nur daß sie auf die Dauer nicht ganz so unschuldig blieben, wie Tante Tüttchens Augen es noch heute sind. Auch sein Haar war braun und leicht gewellt wie das ihre.

Man konnte sie tatsächlich für Mutter und Sohn halten, wenn man sie Hand in Hand einträchtig über die Landstraße zur Würtsi-Pood* wandern sah.

Wölfchens Mutter Isabella, ihre Schwägerin, war

* Würtsi-Pood = landischer Kaufladen

manchmal fast ärgerlich über die unverbrüchliche Liebe ihres Sohnes zu dieser Tante. Aber ihr Mann klopfte sie dann begütigend auf den Rücken und sagte: »Laß doch, Isachen, laß doch! Du hast ja noch mehr Kinder. Laß Tüttchen doch ihr kleines Glück ...«

Sie ließ ihr dieses kleine Glück. Aber in Wirklichkeit war es kein kleines – es war sogar ein sehr großes Glück!

Als Wolf in Reval auf die Domschule ging, vergaß er nie, Tante Tüttchen etwas in die Ferien mitzubringen. Zuerst waren es bunte Glanzpapierbilder oder Krebsbonbons. Dann wurden es Marzipan-Torten von Stude mit einem naturgetreuen Relief der Olai-Kirche obendrauf. Schließlich, in den oberen Klassen, waren es Bücher, und Tante Tüttchen mußte auf ihre alten Tage noch eine eifrige Leserin von Nietzsche, Schopenhauer und sogar von Karl Marx werden.

Sie las diese ganzen Bücher treulich, denn Wolf erwartete das von ihr, und dann stellte sie sie auf einen besonderen Platz in ihr Bücherschränkchen, neben den Lederband ›An Diotima‹.

Auch ihren Geburtstag im Oktober, zur Zeit der großen Jagden, vergaß Wölfchen nie. Dieser Tag, den sie als Kind geliebt und als alterndes Mädchen gehaßt hatte, wurde ihr durch seine Briefe und kleinen Gaben wieder zu einem Ereignis, auf das man sich im stillen freuen durfte.

Und nun war Wolf Student. Er drang in die bakteriologischen Geheimnisse der Boden-Gare und die biologischen der Schweineaufzucht ein, er trug den grün-violetten-weißen Deckel der »Estonia« (der ihm bezaubernd stand, fand Tante Tüttchen!), und wenn er in den Ferien nach Hause kam, dann konnte man sich am langen Mittagstisch im Speisezimmer halb totlachen, weil Wolf so viele lustige und komische Geschichten zu erzählen verstand. Geschichten von Professoren, von Kommilitonen und von jungen Mädchen. (Diese jungen Mädchen schienen in Dorpat eine bedenkliche Rolle zu spielen, fand Tante Tüttchen!)

Nun ja, man ist nur einmal jung und dabei so hübsch wie ihr Wolf! Hätte sie sich denn etwa nicht in ihn verliebt, wenn sie ein junges Mädchen in Dorpat gewesen wäre? Nur – daß diese eine unternehmungslustige Blonde, die gerade aus ihrem Pensionat in Brüssel heimgekehrt war und die so komische ausländische Moden mitgebracht hatte (geschlitzte Röcke zum Beispiel, Hüte von einem Meter Durchmesser und Gymnastik nach Musik in kniefreien Griechenkitteln – »Dalcroze« nannte sich das ...), daß gerade diese Blonde in Wolfs Erzählungen eine so große Rolle spielte, das gefiel Tante Tüttchen nicht. Und nun geschah es gar, daß diese Blonde zu den großen Herbstjagden im Oktober mit eingeladen wurde. – Natürlich, Wolf lud viele junge Leute ein, denn schließlich sind es ja nicht die Alten, die auf dem Ball nach der großen Jagd tanzen wollen. Früher hatte Tante Tüttchen gerne auf solch einem Ball mitgetanzt, besonders in jenem bewußten Jahr … Aber jetzt doch nicht mehr! Jetzt sollten Wolf und seine Kommilitonen und die Töchter aus der Nachbarschaft, und meinetwegen auch einige Dorpater Mädchen tanzen. Aber ausgerechnet diese Blonde …

Schon am frühen Nachmittag vor dem eigentlichen Jagdtag fuhr fast der ganze Wagenpark des alten Hauses zur Bahnstation, um die Dorpater Gäste abzuholen. Da saß der alte Jukko oben auf dem Bock des alten Landauers, er hatte Viere vorgespannt und hielt die Zügel mit geradezu kaiserlicher Würde. Oder die elegante schwarze Kalesche mit den Apfelschimmeln, der Jagdwagen, den der Buschwächter fuhr … Als letzter Wagen kam schließlich die alte Brettdroschke, die Wolf in höchsteigener Person kutschierte. Er hatte seine Stute »Beauty« davorgespannt und saß, der Unternehmungsgeist selbst, mit seinen langen, in Reitstiefeln steckenden Beinen, rittlings über dem polsterbelegten Brett, die grüne Mütze schief auf dem Ohr, die blauen Augen, die nicht mehr ganz so unschuldig waren wie bei der Geburt, blitzend wie die des alten Dessauer. Tante Tüttchen fand ihn direkt berauschend – aber heute ärgerte sie das.

»Wen wirst du dir denn auf deinen Wagen laden?« rief sie ihm durchs Räderrollen nach. Aber er antwortete nicht, salutierte nur mit zwei Fingern am Mützenrand und brauste hinter den anderen Wagen drein und zur Vorfahrt hinaus.

Isabella und Bruder Gerry lachten und gingen ins Haus. Tante Tüttchen blieb noch einen Augenblick auf den Kalksteinstufen stehen und blickte über den Kiesweg und den runden Rasenplatz hin, der schon herbstlich ergraute. Die Fliederhecken hatten auch keine Blätter mehr. Und übermorgen war wieder einmal ihr Geburtstag.

Sie war plötzlich traurig und wußte nicht warum …

Mit der ersten Dämmerung kamen die Wagen zurück und entließen ihre lebendige Fracht vorschriftsmäßig unter dem Säulengiebel. Einige Jagdhüter hielten Windlichter hoch, und in ihrem Schein stiegen die jungen Menschen die Stufen empor und ergossen sich ins Haus. Das ganze Vorzimmer war plötzlich voll, und man mußte sich begrüßen und lachen und lustig sein.

Trotzdem gelang es Tante Tüttchen, die plötzlich Eigenschaften eines Luchses in sich entdeckte, doch wieder rechtzeitig auf die Kalksteinstufen zu entwischen. Sie hörte nämlich das Räderrollen und den Hufschlag eines Nachzüglers. Und es war auch genau so, wie sie es erwartet hatte: hinter Wolf auf der Brettdroschke, rittlings wie er, saß ein sehr schlankes Mädchen, unter dessen grünem

Hütchen blonde Locken hervorquollen. Das Mädchen hatte seine Hände rechts und links auf Wolfs Schultern gelegt und schaute mit erhobenem Gesicht lächelnd und erwartungsvoll dem Säulengiebel entgegen. (Wie wäre es zum Beispiel gewesen, wenn Tante Tüttchen damals dem jungen Hauslehrer die Hände auch mal auf die Schultern gelegt hätte?)

Als die junge Blonde aber von der Brettdroschke heruntersprang, nahm sie keineswegs die von Wolf hilfreich hingestreckte Hand. Sie schwang ihr linkes Bein einfach über das Brett, als wäre es ein Pferderücken, und dabei sah Tante Tüttchen leibhaftig ihren ausländisch geschlitzten Rock! Es war ein Lodenrock, ohnehin kaum bis zum Knöchel reichend, und an der linken Seite zum Aufknöpfen. Wahrhaftig, er *war* aufgeknöpft, mindestens bis über die halbe Wade war er aufgeknöpft …

Aber Tante Tüttchen sah so etwas einfach nicht. Sie besann sich auf ihre Pflichten als Gastgeber, ließ sich von Wolf den Namen des Mädchens nennen, sagte ihr mit dem lieben Strahlen ihrer Augen, daß sie ihre Mutter gut gekannt habe (daß ihre Mutter auch so ein ausgelassener Wildling gewesen sei, sagte sie nicht), und schloß das junge Ding, wie das so üblich war, warm in ihre Arme. Sie fühlte eine kühle, pfirsichflaumige Wange an der ihren und sagte sich dabei, ein Judaskuß sei das immerhin nicht, sie wollte diesem Mädchen schließlich nichts Böses!

Beim Abendessen, das Gäste und Hausgenossen an der langen damast- und silbergedeckten Tafel vereinigte, trug die schlanke Blonde nicht mehr den geschlitzten Lodenrock, sondern ein weinrotes Blüschen im Kimonoschnitt und aus jener weichen Seide, Liberty nannte man sie, die damals gerade modern war. Ihre Schultern – und was es so gab – zeichneten sich zart in den Stoff, der im Kerzenlicht der Tafel schmiegsam erglänzte. Auch die blonden Haare glänzten und sprühten.

»Süß!« dachte Tante Tüttchen, »abscheulich!«

Immerhin muß es zugestanden werden, daß Wolf vorbildlich den Haussohn mimte. Er war überall, goß Wein oder Likör ein, bot Zigarren an, küßte den älteren Damen die Hände, flüsterte den jüngeren ein paar Komplimente ins Ohr, und das blonde Mädchen saß unterdessen wohl aufgehoben an der Seite seines besten Freundes.

An diesem Abend ging Tante Tüttchen jedenfalls noch ziemlich ruhig in ihr Bett. Aber am folgenden … Es ist nur gut, daß der Mensch nicht in die Zukunft blicken kann.

Zunächst war also noch der große Jagdtag zu überwinden. Während jung und alt, Gäste und Hausgenossen, Nachbarschaft und Buschwächter mit Hunden, Wagen, Gewehren, Hörnern, Gebell und Gelächter in den Wald zogen, blieb Tante Tüttchen zu Hause, um den abendlichen Ball vorzubereiten. Das war immer ihr Los gewesen. Während die anderen fröhlich – und wahrscheinlich auch glücklich – waren, hatte sie sich darum bemüht, die Vorbedingungen für diese Fröhlichkeit zu schaffen. Sie war die stille, tätige Seele des Hauses, und jedermann liebte sie dafür. Aber was sie selber dabei empfand, danach war sie eigentlich nie gefragt worden. Sie schaute aus dem Fenster. Draußen flogen die Wolken eines aufklarenden Herbstmorgens über die Parkbäume. Hin und wieder glänzte Sonnenlicht auf einigen allerletzten gelb-braunen Laubresten. Im Wald knusperte vielleicht ein erster Frost auf den am Boden liegenden Blättern, und die Luft roch schon etwas nach Winter...

Aber nun galt es, den Saal so auszuräumen, daß nur Sofas und Stühle an den Wänden stehen blieben. Es galt, die lange Tafel für das Souper zu dekken und die Plätzchen für das »neutrale Gebiet« (jenen gemütlichen Raum mit kleinen Sitzecken, in dem man sich in den Tanzpausen erholte) auf Schüsseln zu füllen. Der muskelstarke Gärtnerbursche und die Stubenmädchen standen schon im Flur und warteten auf Befehle. Es war völlig fruchtlos, sich an Betrachtungen über die Luft im Walde hinzugeben.

Erst als der große, helle, kühle, leere Tanzsaal im Glanz seiner Kerzen erstrahlte, die Tapeuse schon einige Tonleitern über die Flügel huschen ließ und die Herren mit geröteten Jagdgesichtern in ihren schwarzen Fracks erschienen und die Papyros auf ihren Handrücken zurechtklopften, – erst da begannen für Tante Tüttchen die Aufregungen des Tages. Im Schwall der jungen Mädchen, die, ein bunter Blumenstrauß, die Treppe vom Gästeflügel herunterkamen und sogleich die Flucht der festlich geöffneten Zimmer mit Lachen und Gezwitscher erfüllten, war auch die schlanke Blonde. Tante Tüttchen erspähte sie sofort, denn das Gespinst ihres goldenen Schopfes überragte die Köpfe ihrer Freundinnen mindestens um acht Zentimeter. Noch auffallender als ihr Haar war aber leider ihr Kleid, es übertraf Tante Tüttchens schlimmste Ahnungen noch um ein beträchtliches!

Es war aus meergrüner Seide, blank und weich. Die rechte Schulter deckte es – wenn auch ärmellos (das konnte schließlich unter der schneeweißen Polarfuchs-Boa verborgen werden) – so doch noch recht anständig zu. Aber die linke Schulter! Wai! Tante Tüttchen mußte hin und wieder wegschauen, bevor sie es begriff. Eine einzige glitzernd-glühende Spange von Straß verhinderte die meergrüne Seide, hinten und vorne ganz herabzugleiten. Oh, mein Wölfchen, wie wirst du das überstehen!

Zunächst schien er es recht gut zu überstehen. Als die Tapeuse mit einigen ins Blut brausenden

Akkorden den ersten Walzer intonierte, verneigte er sich in vollendeter Form vor der Meergrün-Blonden. Er wartete es kaum ab, daß Vater Gerry und Mutter Isabella, wie sich das gehörte, den Ball mit einer ersten Walzer-Runde eröffneten, er nahm die Hand seiner Blonden, legte seine Rechte um ihre Mitte (die fast so dünn war wie eine Bohnenstange, fand Tante Tüttchen) und tanzte – nein schwebte – mit ihr in den freien, bienenwachsgoldenen Raum hinein.

Es sah schön aus, wie Eltern und Kinder gemeinsam unter dem Kronleuchter ihre schwingenden Schleifen drehten. Bruder Gerry, noch immer hoch und stattlich mit seinem ergrauenden Haar, Isabella, voll erblüht, unter ihrem kleinen Diamantendiadem wie eine Königin, fand Tante Tüttchen.

Daneben die Kinder in ihrer schmiegsamen Jugend – man hätte heulen können!

Aber nun sah Tante Tüttchen etwas, was ihr die Tränen sofort aus den Augen in den Hals und die Tiefe des Herzens zurücktrieb. Sie sah den antikisch gerafften, meergrünen Seidenrock, der nach den Knöcheln zu sich verengte wie ein Regenschirm und der – um seiner Trägerin überhaupt einen Schritt zu ermöglichen – wieder einmal in so einem verwerflichen Schlitz auseinanderklaffte. Wenn das blonde Mädchen stand, sah man das gar nicht. Aber jetzt, beim Tanzen … Immer wieder erschien ein spitzer Silberschuh, ein schlanker Knöchel, eine sanft geschwungene Wade, letztere überdeckt von einem straffen, matt glänzenden Strumpf, zwischen den Falten der Seide.

Tante Tüttchen mußte nachdenken. Konnte es wohl sein, daß nicht nur das meergrüne Kleid, sondern auch dieser Strumpf von Seide war? Noch nie im Leben hatte sie einen Seidenstrumpf gesehen. Damals, in jenem bewußten Jahr, hatte sie, wenn sie besonders schön sein wollte, einen weißen, ganz dünn gestrickten Zwirnstrumpf unter ihre schwarzen Spangenschuhe gezogen ... Aber dieser Strumpf war eigentlich nur eine symbolische Handlung gewesen, denn genauso wenig wie einer jener mächtigen Unterröcke mit Volants war der weiße Strumpf je unter den langen Röcken zum Vorschein gekommen. Junge Mädchen hatten nur Fußspitzen. Seit jenem Jahr war sie dann wieder zu den bewährten kraus und glatt gestrickten, schwarzen Strümpfen zurückgekehrt. Warum sollte sie noch eitel sein? Das Büchlein ›An Diotima‹ stand in ihrem Schrank, mehr war ihr nicht beschieden.

Und nun dieses junge Ding mit puren Seidenstrümpfen, die sie außerdem so keck und ohne die geringste Schüchternheit zeigte! Wenn die Strümpfe schon aus Seide sind, was läßt das für Rückschlüsse auf die übrigen Dessous zu? Einen anständigen Unterrock trug sie wahrscheinlich gar nicht ...

Tante Tüttchen schüttelte im Geist unentwegt den Kopf, während sie, an den Türrahmen gelehnt, in ihrem Schwarzseidenen dastand und dem Tanz der Generationen zuschaute. Es war nur gut, daß allmählich auch die anderen Paare in den Saal hineinwogten und das Bein des Anstoßes vor ihren Augen verdeckten.

Aber es kam noch schlimmer. Zwischen Tourenwalzer und Mazurka ging Wolf zur Tapeuse an den Flügel und flüsterte ihr etwas ins Ohr. Diese begann daraufhin fieberhaft in ihren Noten zu blättern und brachte nach einigem Suchen ein Heft zutage, auf dessen Umschlag eine knallblaue Nacht, ein gelber Halbmond und ein eng umschlungenes Paar zu sehen waren. So sahen Tanznoten nun einmal aus.

Was sie aber daraus zu spielen begann, schien Tante Tüttchen überhaupt nichts mehr mit Tanz zu tun zu haben. Es war viel eher ein verhaltener, immer wieder zögernder Schritt (Synkopen nannte man das in der Klavierstunde), und über diesem Schritt lag, trotz einer offensichtlichen Traurigkeit, noch ein anderes Irgendetwas, das durch besondere Klangmischungen in Dur und Moll und durch zittrige Läufe in der höchsten Höhe hervorgerufen wurde. Es gab ein Wort, das Tante Tüttchen nie in den Mund nahm. Dieses Wort hieß Erotik. Und mit diesem Wort, schien es ihr, war das fremdartige Irgendetwas einzig zu bezeichnen.

Ihr Herz begann leicht zu zittern, und sie setzte sich auf einen der feierlichen napoleonischen Lehnstühle, die, in Mahagoni, goldenen Damast und Messing prahlend, an der Wand standen. Denn sie sah nun, daß Wolf zielsicher und lächelnd auf seine blonde Dame zuschritt und sie zum Tanzen aufforderte.

Nein, was war dieses für ein Tanz! Wo blieb denn die Fröhlichkeit und Gelöstheit aller anderen Tänze, die Tante Tüttchen kannte und die, wie sie meinte, zum Wesen jeglichen Tanzes gehörten?

Wie zwei zusammengeschmiedete Leiber, so schritten die beiden jungen Menschen in einem vollkommenen Ernst über das vom Gärtnerburschen so sorgfältig gebohnerte Parkett. Jede Bewegung des einen machte das andere mit. Neigte Wolf sich im zögernden Takt der Musik nach vorne, so bog das Mädchen sich entsprechend nach rückwärts, und ihr rosiges Gesicht lag aufgeschlagen unter dem seinen. Ging Wolfgang zurück, so folgten ihre Füße den seinen, als wären ihre Fußspitzen mit Druckknöpfen aneinandergeheftet. Dabei glitt ihr linkes Bein im Seidenstrumpf und Silberschuh immer wieder aus den meergrünen Falten hervor, und man mußte sich jedesmal fragen, wie weit es nun diesmal ... Es war so entsetzlich aufregend!

Wenn die Straßspange über der nackten Schulter wenigstens nicht so böse geglitzert hätte, während das Unaussprechbare dieser abscheulichen Musik sich nicht nur über das tanzende Paar ausbreitete, sondern über den ganzen Saal mit seinen schweigenden Zuschauern an den Wänden. Die alten Herren im Billardzimmer wurden sogar davon angerührt, sie standen von ihren Kartentischen auf, kamen auf Zehenspitzen an die offene Flügeltür und schauten einander über die Schultern, um Wolf und das blonde Mädchen tanzen zu sehen.

Tante Tüttchen mußte ihren alten Atlasfächer öffnen und sich etwas Luft zufächeln, so heiß wurde ihr der Kopf. Es wäre ja alles noch zu ertragen gewesen, wenn dieser Ernst nicht gewesen wäre, dieser fürchterliche Ernst, der Jugend und Fröhlichkeit zudeckte und aus dem Tanz etwas Undurchschaubares und Gefährliches zu machen schien.

Vielleicht sah Tante Tüttchen in diesem Augenblick prophetisch den Tanz der kommenden Generationen: enggepreßte Leiber auf enger Fläche, schüttelnd und auf- und niederzuckend, in roten, gelben und grünen Lichtbündeln, aufgepeitscht und magisch unterworfen dem Holzton des Schlagzeugs und der Trommel des Urwalds.

Sie preßte die Augen zu vor dem, was heraufstieg, ahnungsvoll bedrängt und entsetzt. Aber wie sollte sie in ihrem schwarzen Seidenkleid und der würdig ergrauenden Haarkrone dieser Entwicklung in den Arm fallen? Selbst in ihrem eigenen hellen Vaterhaus konnte sie nichts tun.

Als sie die Augen wieder öffnete, war der Saal angefüllt mit jungen, lachenden, den Tango recht und schlecht stolpernden Paaren, und die alten Herren wandten sich um und gingen wieder zu ihren Kartentischen.

Beim Souper saß Wolf natürlich auch neben seiner Blonden, Tante Tüttchen erspähte es zu ihrem Kummer zwischen Kerzenleuchtern und Obstschalen hindurch. Er neigte sich zu ihrer Straßspange, wenn er ihr den Wein einschenkte oder die Piroggen vorlegte, und schien das außerordentlich angenehm zu finden. Jedenfalls lachte er immer wieder, und auch die Blonde lachte über die Straßspange hinweg zu ihm empor und hob dabei ihre gebogenen Wimpern. Unerträglich diese Augen! (Wenn Tante Tüttchen bei jener Schlittenfahrt zum Beispiel den jungen Hauslehrer etwa ebenso über die Schulter angeblickt hätte? ...)

Sie selber hatte auch einen sehr netten Tischherrn, den runden Immajöggischen, mit dem sie schon als Kind Krocket gespielt und den sie immer zum Sterben langweilig gefunden hatte. Sie überlegte einen Augenblick, und dann sagte sie tastend: »Was sagen Sie denn nun eigentlich zu diesen neumodischen Tänzen?«

Der Immajöggische wiegte den Kopf, soweit er das auf seinem zweietagigen Nacken vermochte, schmunzelte so, wie Herren manchmal schmunzeln, und antwortete: »Nun, wissen Sie, gnädiges Fräulein, meine Sache ist so etwas ja gerade nicht, ich bin froh, wenn ich noch so eben etwas Walzer hopse! Aber Ihr Neffe – bravo! Wenn der im Kuhstall ebenso viel kann wie auf dem Parkett, dann darf Ihr Bruder Gerry zufrieden sein.«

»Und das junge Mädchen?« fragte Tante Tüttchen schüchtern.

»Die ist bildschön«, sagte der Immajöggische, »zu der kann man jedem Tänzer nur gratulieren.«

Hier war also auf kein Verständnis für irgendwelche Sorgen betreffs der Straßspange und so ... zu hoffen. Tante Tüttchen sprach nicht weiter davon, aber sie blickte um so öfter zwischen dem Kerzenleuchter und der Obstschale hindurch, was ihre Sorgen leider in keiner Weise minderte.

Nach dem Souperwalzer, den der Immajöggische pflichtgetreu mit ihr hopste, während Wolf und seine Dame in schönster Verbundenheit vor ihnen herglitten, konnte sie ihre herzeinschnürende Unruhe einfach nicht mehr aushalten. Sie suchte ihre Geschwister und fand sie auch schließlich in Isabellas Boudoir, wo sie sich im Schein der Alabasterlampe vom Souper mit seinen Fischgerichten und Schnäpsen, seinen Weinen und Wildrücken, seinen Reden und Toasten, seinem Alaglace* und seinem Champagner erholten.

* Alaglace = Eis

»Ein wunderschönes Fest!« sagte Tante Tüttchen, »wunderschön! Aber wißt ihr, ich habe doch eine Sorge ...«

»Nanu!« rief Bruder Gerry und zog einen Stuhl heran, »setz dich und rück heraus!«

Tante Tüttchen setzte sich und spielte mit ihrem Fächer. Es fiel ihr doch schwerer, als sie gedacht hatte! Aber tapfer, wie sie von Natur aus war, packte sie den Stier bei den Hörnern und fragte: »Wie denkt ihr über Wolfgangs Freundin?«

Gerry lachte »Haha!« und Isabella lächelte. »Wir sprachen auch soeben darüber.«

»Ja, und?« Tante Tüttchen wippte auf ihrem Polsterstuhl in die Höhe, so gespannt war sie.

Bruder Gerry legte seine großen Hände auf die Armlehnen seines Sessels, und sein Siegelring erglänzte.

»Sie ist bildschön. (Schon wieder dieses Wort! Als ob es darauf ankäme!) Livland kann stolz auf sie sein«, sagte er mit tiefer Anerkennung in der Stimme.

»Ja, reizend!« bestätigte Tante Tüttchen, »aber ich meine – ich denke – hat Wolf wohl etwas Ernstliches mit ihr vor?«

Isabella lächelte wieder, und Bruder Gerry lachte. »Ja, wie sollen wir das wissen? Wölfchen wird uns bestimmt nicht fragen, und darin muß ich ihm auch recht geben. Wir haben auch niemanden gefragt, nicht wahr, Isachen?«

Er klopfte seiner Frau auf die ringgeschmückte Hand, und Isachen nickte mit dem Kopf. Ihr Diadem funkelte.

»Ja, aber meint ihr wirklich, sie sei die Richtige für ihn?« fragte Tante Tüttchen nun schon recht dringlich. Sie fühlte, daß eine gräßliche Angst in ihrem Herzen wuchs.

Bruder Gerry schien nichts Ähnliches zu empfinden. Mit ehrlichem Erstaunen fragte er dagegen: »Aber warum denn nicht? Sie ist gesund und rassig, sie stammt aus einer prima Familie und sie hat zum Überfluß auch noch Geld. Ich wüßte nicht, was wir uns Besseres wünschen sollten.«

Tante Tüttchen senkte den Kopf, aber sie beharrte: »Und ihr Charakter?«

Bruder Gerry lachte wieder. »Den kenne ich nicht, geht mich auch gar nichts an. Damit wird Wolf sich auseinanderzusetzen haben, im übrigen scheint sie doch sehr liebenswürdig.«

»Ja, liebenswürdig schon, aber so kokett! Diese Augen ...«

»Ein bißchen Koketterie gehört dazu, das gibt Salz in die Suppe«, belehrte Bruder Gerry, »du warst auch ganz schön kokett, Isachen!«

»Und dieses Kleid!« stöhnte Tante Tüttchen.

Nun schaltete sich Isabella ein: »Also da kann man eigentlich nichts dagegen sagen. Das ist eben modern, sie kommt aus Brüssel, und da trägt man es jetzt so. Sie weiß das.«

»Aber die anderen Mädchen haben doch alle ganz andere Kleider und sehen trotzdem so reizend aus! Und wir früher...«

Isabella schüttelte das Haupt mit einem durch und durch wissenden Lächeln. »Ja, wir sind eben alle hoffnungslose Provinz-Pomeranzen!« Dabei sah sie mit ihrem sprühenden Diadem genauso aus wie eine Königin.

Tante Tüttchen gab aber noch immer nicht auf. Sie erhob sich und stellte sich mit dem Rücken gegen den Kachelofen, der eine milde Wärme ausstrahlte. Sie versuchte, ihre Erregung tapfer zu unterdrücken, als sie ihren letzten Triumph ausspielte: »Aber dieser Tanz, dieser fürchterliche, unmögliche Tanz! Fandet ihr das denn anständig?«

Nun stand auch Bruder Gerry auf, und mit der überlegenen Güte starker Menschen legte er ihr den Arm um die Schulter. »Du bist süß, Tüttchen«, sagte er, »direkt zum Küssen! Was verstehst du eigentlich unter ›unanständig‹? Natürlich, als wir jung waren, wäre so etwas unmöglich gewesen, und wenn du dich irgendwo in einem ähnlichen Kostüm gezeigt hättest, dann hättest du dich restlos kompromittiert. Niemand hätte dich geheiratet...«

»Das hat ohnehin niemand getan«, bemerkte Tante Tüttchen etwas giftig.

»Na ja, Gott sei Dank, so bist du uns hier erhalten geblieben«, begütigte Bruder Gerry. »Aber seitdem hat die Zeit sich geändert, und du hast es bloß nicht gemerkt, hier, im alten Haus, wo alles beim alten geblieben ist. Du hast wohl Nietzsche und Karl Marx gelesen, aber daß Männlein und Weiblein sich heutzutage nicht mehr so viel Xe vors U machen, das hast du trotzdem nicht mitgekriegt.«

»Na, ich danke für diese nackten Tatsachen!« sprühte Tante Tüttchen nun, »für diese Straßspangen und Schlitze und Seidenstrümpfe! Wenn das alles kein X vors U ist, dann weiß ich's nicht! Wenn mich einer wegen meiner nackten Schulter geliebt hätte – auf *die* Liebe hätte ich gepfiffen!«

Sie machte sich aus dem Arm ihres Bruders los und ging hoch erhobenen Hauptes zur Tür. Die anderen brauchten nicht zu sehen, daß in ihren Augen Tränen funkelten.

»Trotzdem war dieser Tango heute noch außerordentlich anständig!« rief Gerry hinter ihr drein: »Da haben wir im Frühling in Monte Carlo ganz andere Dinge gesehen, nicht wahr, Isachen?«

Aber das hörte Tante Tüttchen nicht mehr. So verlassen und entmutigt hatte sie sich seit langer Zeit nicht mehr gefühlt. Niemand verstand sie, und sie ahnte bereits, daß es keinen Zweck hätte, nun noch bei irgend jemandem um Verständnis zu werben. Aber – so gütig Tante Tüttchen war, so halsstarrig war sie auch, wenn es um Dinge ging, die sie als recht erkannt zu haben meinte. Und hier ging es nicht einmal nur um das Recht, – hier ging es um das Lebensschicksal ihres Wölfchen, des einzigen Menschen, den sie vorbehaltlos und hingabebereit aus der Tiefe ihres mütterlichen Herzens liebte.

Sie durfte also den Versuch, ihn aufzurütteln, nicht aufgeben. Und wenn die anderen, die dazu Berufenen, so blind waren und es nicht tun wollten, dann mußte sie es eben selber tun.

Bekümmert und ängstlich, aber fest entschlossen, ging sie ins Speisezimmer. Hier wollte sie auf Wolfgang warten, denn sie kannte seine Angewohnheit, in den Tanzpausen hin und wieder hierherzukommen, um ein Glas Selterswasser hinunterzustürzen. In einer Ecke des Speisezimmers befand sich nämlich eine kühle, kleine Handkammer, und in dieser Handkammer waren, neben Butter und Honig, Kuchenresten und Obst, Zucker und was sonst noch abgestellt wurde, auch immer einige Flaschen Selterswasser vorhanden.

Hier mußte es also möglich sein, Wolf unauffällig unter vier Augen zu sprechen, und Tante Tüttchen war entschlossen, das zu tun.

Das Speisezimmer lag in bräunlicher Dämmerung, denn alle Kerzen der langen Soupertafel waren ausgelöscht, und nur auf der Anrichte brannte ein einziger silberner Leuchter. Die Tanzmusik klang leise an- und abschwellend herüber, was Tante Tüttchen entsetzlich traurig vorkam, und auch der Duft nach Astern und abgestandenem Wein war traurig.

Sie ging an der abgedeckten Tafel entlang und zählte die Stühle, die, hochlehnig und ernst, ihre Vorderbeine unter das weiße Damastlinnen streckten. Sie stellte sich ans Fenster – die Nacht war schwarz und still, und kein Windhauch schien die Bäume im Park zu bewegen.

Aus dem Hintergrund der kahlen Äste blitzten ein paar Sterne mit spitzem Strahl in ihre Augen.

»Dort oben wohnt nun der liebe Gott«, dachte Tante Tüttchen, »hinter den Sternen irgendwo. Sehr weit, sehr ... Na, einerlei, wo! Aber jedenfalls weiß Er ganz genau, was ich jetzt tun sollte. Ob es richtig ist, mit Wolf zu sprechen oder nicht? Es wäre Ihm eine Kleinigkeit, es mir zu sagen. Aber Er tut es nicht. Natürlich nicht! Warum auch! Er tut so was nie. Immer schweigt Er. Nur später, – ja, da läßt Er es einen merken, ob man was Falsches getan hat.«

Etwas trotzig, ja fast böse, schaute Tante Tüttchen zum lieben Gott empor, der sehr weit hinter den Sternen in der schwarzen Ferne wohnte und, wie immer, andauernd schwieg. Keine Antwort, kein bißchen Antwort kam von oben herunter. Dabei hätte Er doch in Seiner Allmacht so viele Möglichkeiten gehabt, sich zu äußern oder wenigstens dieses gefährliche blonde Geschöpf aus Wölfchens Nähe zu entfernen.

»So viele Möglichkeiten ...«, dachte Tante Tüttchen und wiegte den Kopf, plötzlich doch überwältigt vom Schweigen, das aus einer höheren Höhe, als Sternenhöhe es war, auf sie herniederregnete.

Fünf Minuten später hatte sie ihren Rücken aber wieder gestrafft. Sie wandte sich ins Zimmer zurück und lehnte sich an den Ofen. Himmel, der war viel zu heiß, wo ihr Kopf schon ohnehin wie eine Pfingstrose glühte!

Sie zählte also wieder die Stühle. Ja, warten ist nicht leicht!

Aber als sich schließlich Wolfs bekannte Schritte wirklich näherten, da merkte Tante Tüttchen, daß es manchmal noch weniger leicht ist, wenn das Erwartete endlich eintritt. Am liebsten hätte sie sich still ins Lampenzimmer verzogen. Aber es ging nicht um ihre Feigheit, es ging um ihren geliebten Wolf. Sie blieb.

»Amüsierst du dich gut?« fragte sie, indem sie, als könnte es nicht anders sein, eine Seltersflasche aus der Handkammer holte, die Zischende entkorkte und in ein Glas sprühen ließ.

»Tausend Dank«, sagte Wolf, indem er das Glas durstig ergriff. »Ja, es ist wahnsinnig nett!«

»Und deine blonde Dame?« fragte Tante Tüttchen voller Arglist.

»Die besonders!« erwiderte Wolf unbefangen und trank sein Glas leer.

»Hör mal«, begann Tante Tüttchen, und ihre Stimme klang plötzlich ganz spröde vor Entschlußkraft. »Hör mal, Wolf, du willst dich doch nicht etwa mit ihr verloben?«

Wolf lachte belustigt auf, aber dann sah er im Kerzenlicht Tante Tüttchens gespanntes, todernstes Gesicht, und auch er wurde sogleich ernst. »Wie meinst du das?« fragte er. »Wie kommst du darauf?« Und Tante Tüttchen flüsterte schnell und ohne sich weiter zu besinnen: »Sie ist bestimmt nicht die Richtige für dich!«

Wolfs offenes Gesicht verschloß sich sichtlich. Seine Augenbrauen schoben sich zusammen, während er fragte: »Woher weißt du das? Du kennst sie doch gar nicht!«

»Aber ich sehe sie!« rief Tante Tüttchen. »Ich sehe ihr Kleid und ihre Augen und ihr Tanzen, und das paßt alles gar nicht hierher!«

Wolfs Gesicht wurde noch verschlossener, als er antwortete: »Darüber zu urteilen, ist, glaube ich, meine Sache und nicht deine. Außerdem wäre etwas frischer Wind in diesem alten Haus vielleicht ganz gut.«

»Aber Wolf«, flehte Tante Tüttchen, »liebst du sie denn?«

Wolf schwieg.

»Meinst du wirklich, daß das Liebe ist, was mit Straßspangen und Schultern und Seidenstrümpfen zusammenhängt?« stöhnte Tante Tüttchen mit gerungenen Händen. »Liebe braucht diese Dinge doch nicht ...«

Wolf stellte sein Glas auf die Anrichte zurück und warf den Kopf in den Nacken. Er sah sehr hochmütig aus. »Ach, Tante Tüttchen«, sagte er, »was weißt du schon von Liebe ...« Dann holte er sein Zigarettenetui hervor, auf dem das Wappen des alten Hauses aufglänzte, entnahm ihm eine Papyros, rauchte sie an einer Kerze des Silberleuchters an und wollte gehen.

Aber bevor er sich umwandte, sah er zum Glück noch einmal in Tante Tüttchens Gesicht, dieses gute Gesicht, das, ohne je zu ermüden, über seine Kindheit gewacht hatte und das sich jetzt wie zerschlagen auf ihre Brust neigte.

Dieser Anblick zerschmolz ein ganz klein wenig von seiner Zugeschlossenheit. Er versuchte zu lächeln, machte eine kleine, höchst formelle Verbeugung und sagte: »Mach dir bitte keine Sorgen – entschuldige mich!« Damit ging er zur Tür hinaus.

Die Kerzenflammen im Leuchter erzitterten, das Selterswasser in der Flasche zischte leise, und aus dem Saale klang die Musik herüber. Tante Tüttchen nahm das alles in sich auf, aber darüber stand mit schwarzen Buchstaben in die Luft geschrieben: Verlassenheit.

Der Mensch, den sie im Leben am meisten geliebt hatte, der überhaupt das Leben ihrer letzten fünfundzwanzig Jahre gewesen war, für den sie sich in den Tod geben würde, wenn es nötig wäre – der ging im Zorn von ihr und rief ihr zu: »... was weißt du schon von Liebe ...?« Weil er sich an der Schönheit eines fremden, jungen Geschöpfes entzündete – eines Geschöpfes, das gewiß nie *mehr* für ihn getan hatte, als daß es eben schön gewesen war und ihn erfreut hatte –, weil er an diesem Geschöpf den so verhängnisvollen Zauber erlebte, dessen Name Tante Tüttchen nie in den Mund nahm, deswegen vermeinte er zu wissen, was die Liebe sei, und achtete die lange Liebe ihres Lebens gleich nichts.

Mit trockenen Augen und zitternden Lippen drückte Tante Tüttchen die Tür zum Lampenzimmer auf, tastete sich zur Leutetreppe und stieg Stufe um Stufe zu ihrem Giebelzimmer hinauf. Sie sehnte sich nach der Stille dieses vertrauten Raumes, nach ihrem Bett, das seit je ihre Tränen kannte, nach der kühlen Luft am Fenster und nach der Einsamkeit, die bisher noch nie Verlassenheit gewesen war.

Was sollte sie jetzt noch unten bei den fröhlichen, leicht berauschten Menschen? Mochten die ohne sie fertig werden, ihr kaltes Büfett aufbauen und ihren Kaffee trinken. Sie war schließlich nicht verpflichtet, immer für alles zu sorgen. Wenn sie es getan hatte, dann hatte sie es nur aus Liebe getan.

Aber – was wußte sie schon von Liebe?

Im Giebelzimmer trat sie ans Fenster und stieß beide Flügel auf. Die schwarze Luft sank feucht herein und tat ihr wohl wie eine kühle Hand. Die Sterne hinter den Bäumen blitzten unverändert.

Gewiß, es war nicht *diese* Liebe, die Wolf gemeint hatte, und die andere Liebe hatte sie tatsächlich nur von Ferne gesehen. Aber kannte sie sie deshalb nicht doch? Ahnte sie nicht auch etwas von der Verlockung eines Händedrucks, und hatte sie es nicht stets verschmäht, mit diesem Kapital zu arbeiten? Einer, der durch eine nackte Schulter zu einem Geständnis verlockt wurde, – was war das schon für einer!

Sie zündete ihre Lampe an und setzte sich auf den Bettrand. Durch diesen Abend, den Tanz, die Musik, die schlimmen Gespräche und das meergrüne Kleid war etwas in ihr aufgerührt, was seit Jahrzehnten geruht hatte. Mit quälender Deutlichkeit sprach es: »Wenn – ja, wenn ...«

Wenn ich damals im Schlitten den Rücken nicht so steif gemacht hätte? Wenn ich nicht immer die Blusen mit den hohen Börtchen getragen hätte? Wenn ich vielleicht auch einmal ein Paar Seidenstrümpfe besessen hätte? (Tante Tüttchen raffte ihren Seidenrock einen Augenblick auf und schaute, ohne es selber zu wissen, auf ihren Fuß im kraus und glatt gestrickten, schwarzen Strumpf.) Der junge Hauslehrer war ja schließlich kein Engel vom Himmel gewesen!

Sie ließ den Rock beschämt fallen und trat wieder ans Fenster. Eine Liebe, die solcher Ermunterungen bedurfte, war eben keine Liebe. Basta. Und ihren Wolf, ihren schönen, geliebten, großen Jungen, mußte sie einer solchen Liebe überlassen und konnte auch nicht das geringste tun, um ihn davor zu bewahren? Er ging seinen Weg, und sie mußte ihn gehen lassen. Stand es nicht schon in der Bibel? »Der Mann wird Vater und Mutter verlassen und seinem Weibe anhangen ...«

Wieviel mehr wird er eine alte Tante Tüttchen verlassen! Der liebe Gott, der in Seiner fernen Finsternis schwieg, hatte harte Gesetze! –

Draußen fielen ein paar nasse Blätter von den Bäumen und raschelten auf dem Rasen wie Geisterschritte. War das die Liebe, die endgültig aus ihrem Leben wich?

O Verlassenheit!

Der Morgen danach stieg mit einem geradezu prophetischen Rot über die Parkbäume, fand Tante Tüttchen. Dazu waren der Rasen und jeder kleinste Zweig im Park weiß von Reif. Die unbekümmerte Schönheit der Welt jenseits der Fensterscheiben fiel wie ein erstes Geburtstagsgeschenk in ihr trauriges Herz. Heute war nämlich wieder einmal ihr Geburtstag – der wievielte schon in der langen Reihe der Jahre? Sie freute sich auch gar nicht auf ihn. Gewiß, die obligate große Eau-de-Cologne-

Flasche von Gerry war ja recht praktisch, und das Briefpapier und die Taschentücher von Isabella, die, wie jedes Jahr so wohl auch heute, auf sie warteten, waren es auch. Aber lohnte es sich, sich darauf zu freuen? Das einzige, was der Freude wert gewesen wäre, würde heute nur Wehmut bedeuten, denn es konnte ja nur von einem abgekühlten Herzen geschenkt werden ... die Kleinigkeit von Wolf. Wahrscheinlich hatte er über seiner anderen Liebe ihren Geburtstag überhaupt vergessen. Sie konnte ihm das nicht einmal übelnehmen.

Immerhin schien die Trauer des vergangenen Abends nicht mehr ganz so schwarz, als Tante Tüttchen im roten Morgenlicht vor ihrem Mahagonispiegel stand und sich das Kreuz ihrer Großmutter um den Hals hängte. Das Kreuz war aus Perlen, und Perlen bedeuteten Tränen. Es sah auf dem schwarzen Atlas ihrer Bluse sehr würdig, ja sogar schön aus. Und warum sollte sie sich nicht auch bemühen, wenigstens auf ihre Weise schön zu sein? Gewiß, junge Menschen sind schöner, und sie benötigen dazu nicht einmal eines Schmuckes. Aber auch alte Menschen können eine feierliche, manchmal etwas zerbrechliche Schönheit besitzen, mit ihrem Haar, so weiß wie der Reif am Herbstmorgen.

Tante Tüttchen strich sich mit der Hand noch einmal ordnend über die Haarkrone, die noch nicht ganz so weiß war wie der Reif, und stellte sich, ehe sie nach unten ging, noch einen Augenblick ans Fenster.

Dort, wo gestern abend der unerbittlich schweigende Gott hinter schwarzen Baumkronen und blitzenden Sternen gewohnt hatte, stand jetzt ein von Minute zu Minute glühenderes flammendes Rot. Es kam Tante Tüttchen vor, als wäre Gott ihr in diesem Rot plötzlich näher gerückt, viel näher als gestern abend! Er sprach freilich immer noch nicht (das tat Er nie!), aber Er war wenigstens zu ahnen in der Herrlichkeit, die ihr durch das Fensterglas feierlich entgegenleuchtete. Und wie leuchtete diese Herrlichkeit! Nicht der kleinste Zweig, nicht der ärmste, vertrocknetste Grashalm war vergessen! Jeder einzelne trug ein gefiedertes, schneeweißes Kleid, das sich aus unzähligen Sternen zusammensetzte, von denen wieder jeder einzelne sorgsam gefügt und makellos war. Und sie alle warteten darauf, im ersten Strahl der Geburtssonne aufzusprühen, um dann zu vergehen, dem Gesetz gehorsam, das sie zugleich ins Leben und ins Vergehen gerufen hatte ...

Tante Tüttchen atmete tief. Es überwältigte sie wieder einmal, wie unfaßlich Gott war! Seine Gesetze regierten das Größte wie das Kleinste. Er kannte die Gestirne, die Kaiser und die vertrockneten Grashalme und ließ keines davon außer acht. Er hatte viele Möglichkeiten, ja, alle Möglichkeiten, vom Wunder bis herab zur Ausnutzung des einfachsten Naturgesetzes (»einfach?« dachte Tante Tüttchen plötzlich mit geweiteten Augen), um Seinen Willen im Himmel wie auf Erden geschehen zu lassen. Und Er ließ ihn geschehen! Nur – Er verriet ihn nicht. Man konnte ihn bloß erleben. Nie sagte er einem: »Ich will jetzt, daß du dieses oder jenes tust!« Immer mußte man es selber herausfinden!

Tante Tüttchen senkte den Kopf plötzlich mit verzogener Stirn. Hatte Er nicht doch Seinen Willen einmal ganz unmißverständlich durch einen Menschenmund ausgesprochen? Standen nicht irgendwo in ihrem kleinen Neuen Testament, das seit der Konfirmation täglich neben ihrem Bett auf dem Nachttischchen lag, die rätselhaften Worte: »... Wer mich sieht, der sieht den Vater ...?«

Tante Tüttchens Kinn lag tief auf ihrer Brust, mitten auf dem Perlenkreuz der Großmutter. Unzählige Male hatte sie diese Worte schon gelesen, aber erst in diesem Augenblick bekamen sie Farbe und Wirklichkeit. Sie wußte es auch ganz genau, welches Gebot dieser geheimnisvolle Mann, der dem Vater gleich war, als das vornehmste Gebot bezeichnet hatte. Es war das Gebot der Liebe.

Liebe, dieses vieldeutige Ding, das ihr gestern den Kopf heiß und das Herz schwer gemacht hatte.

Natürlich war es Liebe, was Wolf dem blonden Mädchen entgegenbrachte, und sie gehörte ganz und gar in die Schöpfung hinein. Aber sie war es bestimmt nicht, von der das vornehmste Gebot sprach.

Und das, was Tante Tüttchen selber empfand, wenn sie nur den Namen »Wolf« aussprach, das war auch Liebe. Aber es war noch immer nicht die Liebe des vornehmsten Gebotes. Denn – so ihr liebet, die euch lieben ... tun nicht dasselbe auch die Zöllner? Das vornehmste Gebot forderte die Liebe zu *jedem* Menschen, der sich nahte, – auch zu dem Menschen, der sich anschickte, ins freundlich umfriedete Gärtchen des eigenen Daseins einzubrechen, um es vielleicht seiner Blüte zu berauben.

Ja, Tante Tüttchen wußte jetzt plötzlich, was Gottes Wille war und was sie selber zu tun hatte, damit er hier auf Erden geschehen konnte wie im Himmel. Aber sie war seltsamerweise gar nicht froh darüber. Sie schüttelte den Kopf und seufzte. Es fiel ihr ein, daß sie es schon manchmal erfahren hatte: wenn man in seiner Not wirklich von der Tiefe her nach Gottes Willen fragte, dann erwies es sich jedesmal, daß dieser Wille eine großartige und unerbittliche Angelegenheit war. Es gab keine Ausflüchte, Gott verlangte viel, sehr viel ... aber im letzten Herzensgrunde mußte man zugeben, daß Er recht hatte.

Tante Tüttchen hob den verwirrten Blick. Aus der Ferne hinter den Parkbäumen leuchtete nicht mehr das prophetische Rot. Dafür sprühten und blitzten ihr durch die funkelnden Äste blendende Strahlenbündel in die Augen. Die Geburtstagssonne war aufgegangen. Tante Tüttchen seufzte noch einmal, dann schritt sie pflichtbewußt hinunter ins Speisezimmer, um nachzusehen, ob der Tisch für die vielen Gäste ordentlich gedeckt sei und ob die Mägde richtig geheizt und gelüftet hätten. Sie nahm sich mit stolzer Strenge vor, ihre Familie nicht darunter leiden zu lassen, daß sie selber litt.

Sie schloß die Fenster, denn nun wurde es doch gar zu kühl, und ging dann in die Küche, um nach den Eiern und den Kümmelkuckeln zu sehen und mit der Mamsell über die Verwertung der Reste vom gestrigen Souper zu verhandeln. Dabei wußte sie die ganze Zeit, daß sie das blonde Mädchen nun mit einem echten Kuß mütterlicher Liebe begrüßen würde, und nicht mit so einem halben Judaskuß wie neulich auf den Kalksteinstufen. Aber ganz leicht war das nicht. Wenn Wolf nur ... An diesem Punkt verwirrten sich ihre Gedanken immer wieder zu einem schmerzenden Knäuel.

Als sie ins Speisezimmer zurückkam, war es nicht mehr kühl und still darin, sondern irgendwie beschwingt und heiter, obgleich kein Mensch zu sehen war.

Tante Tüttchen blieb stehen und blähte witternd ihre Nasenflügel.

Und nun begriff sie auch, daß dieser Raum nicht mehr leer war. Aus der Handkammer, in der gestern das verhängnisvolle Selterswasser gestanden hatte, tönte Geflüster und Papiergeraschel, dann, sich steigernd, Lachen, ja Gelächter. Über allen Stimmen schwebte unverkennbar jene des schmerzenverursachenden blonden Geschöpfes.

Tante Tüttchen blieb zögernd an der Lampenzimmertür stehen. Sie konnte sich nicht vorstellen, was das zu bedeuten hatte. Was mochten diese jungen Gäste in einer fremden Handkammer zu rascheln haben?

Während sie noch stand und überlegte, klangen Schritte und jugendliche Männerstimmen im Vorzimmer auf. Die gegenüberliegende Tür wurde geöffnet, und die Studenten aus dem Kavaliersflügel, mit ihren bunten Farbenbändern über der Brust und ihren lustigen Katergesichtern unter den gewichsten Scheiteln, traten einer hinter dem anderen ins Speisezimmer. Der letzte von ihnen war Wolf.

Als sie sich der ehrwürdigen, aber ein wenig verstörten Tante plötzlich gegenüber sahen, verstummten sie, und um so deutlicher erklang das Rascheln und Lachen aus der Handkammer. Tante Tüttchen schaute mit ihrem guten Lächeln, hinter dem sie aber das Pochen ihres Herzens nicht ganz verbergen konnte, von einem zum anderen, und schließlich blieb ihr Blick an Wolfs Gesicht hängen.

War es wohl noch so hochmütig und verschlossen wie gestern abend in der braunen Dämmerung dieses gleichen, jetzt gänzlich verwandelten Speisezimmers?

»Ich weiß nicht, welche Überraschung die lieben jungen Mädchen uns zugedacht haben«, flüsterte sie und riß ihren Blick von Wolfs Gesicht los, um dem ersten der Studenten ihre Hand zum Morgengruß zu reichen. Bestürzt stellte sie dabei fest, daß sie in Wolfs Gesicht gar nichts zu lesen vermochte. Seine blauen Augen, die den ihren so glichen, waren in einer leichten Spannung auf die Handkammer gerichtet.

»Ich kann ihn doch durch meine paar dummen Worte gestern nicht wirklich verloren haben?« stöhnte ihr Herz.

Im gleichen Augenblick ging aber die Tür der geheimnisvollen Kammer auf, und Lichterglanz drängte sich, zusammen mit vier, fünf dieser bezaubernden jungen Wesen, daraus hervor.

Die erste war natürlich die Blonde. Sie trug keine Straßspange und keinen Seidenstrumpf, aber eine mächtige Marzipantorte von Stude auf ihren vorgestreckten Händen. Oben auf der Torte, mitten auf dem Portal von St. Olai, steckte eine dicke rote Kerze, in deren Licht die Augen unter den gebogenen Wimpern feucht aufglänzten. Hinter diesem Geschöpf mit dem sprühenden Haar trugen die Freundinnen auch jede eine Kerze in den

Händen, und vor Tante Tüttchen blieben sie alle im Halbkreis stehen. Die Blonde überreichte ihr die Torte mit einem feinen, kleinen Hofknicks, dann schlang sie die Arme plötzlich warm und doch vorsichtig um den Hals mit dem Perlenkreuz und dem Atlaskragen und flüsterte: »Ich gratuliere Ihnen, Tante Tüttchen! Ich darf Sie doch Tante Tüttchen nennen? Wolf hat mir so schrecklich viel Liebes von Ihnen erzählt ...«

Tante Tüttchen konnte nur mit dem Kopf nikken, und sie war froh, daß Wolf herzusprang und ihr die Torte abnahm, sonst hätte sie sie in ihrer Hilflosigkeit noch fallen lassen. Sprechen konnte sie nicht, sie hatte genug damit zu tun, ihre Tränen hinunterzuschlucken. Aber sie strich mit ihren Händen behutsam über das blonde Haar, das ihr so viel Schmerz bereitet hatte. Und während sie das tat, wußte ihr Herz, dieses sei nun wohl eine von Gottes vielen Möglichkeiten. Sein Wille war gewiß gewaltig und unerbittlich. Aber wie war Er auch zugleich gütig und voll verhaltenen Lächelns! Er nahm kein Kind, Er schenkte ein zweites hinzu. Man mußte bloß vertrauen, man mußte bloß auch warten. –

Ach, daß unsere ungeduldigen Herzen dieses lernten, bevor unsere Haare so weiß sind wie der Reif auf den Wiesen vor dem alten Säulengiebel!

In der gleichen augenfreundlichen Schrift
bei dtv erschienen:

Viele schöne Tage

Ein Lesebuch

Zusammengestellt von Helga Dick
und Lutz-W. Wolff
dtv 25126

Vierzehn ungewöhnliche Erzählungen.

»Schöne Tage – man wünscht sie anderen, und man wünscht sie sich selbst. Manche schönen Tage scheinen vorprogrammiert: Hochzeiten, Jubiläen, Geburtstage und natürlich der Urlaub. Aber wer sich selbst besser kennt, weiß auch, daß es oft die unauffälligen Stunden sind, die Glück und Zufriedenheit ausmachen, die seltsame Begegnungen und Überraschungen bringen und am Ende das Leben verändern. Einige dieser Augenblicke sind hier festgehalten von Madison Smartt Bell, Heimito von Doderer, Barbara Frischmuth, Peter Härtling, Marlen Haushofer, Franz Hohler, Hanna Johansen, Marie Luise Kaschnitz, Roland Koch, Siegfried Lenz, Margriet de Moor, Isabella Nadolny, Herbert Rosendorfer und Christa Wolf.

In der gleichen augenfreundlichen Schrift
bei dtv erschienen:

Lach doch wieder!

Geschichten, Anekdoten,
Gedichte und Witze

Zusammengestellt von
Helga Dick und Lutz-W. Wolff
dtv 25137

Es kann schon mal vorkommen, daß einem das Lachen vergeht. Wichtiger ist allerdings, daß es wieder zurückkommt! Lachen und Weinen gehören zusammen, und ein bißchen Galgenhumor ist allemal besser als Selbstmitleid und Verzweiflung. Geben doch, wie die hier versammelten Geschichten, Anekdoten, Gedichte und Witze beweisen, die Gründe für unser Unglücklichsein oft genug auch zur Heiterkeit Anlaß. Es geht uns besser, wenn wir zu den Dingen und zu uns selbst ein bißchen Distanz haben, das zeigen Peter Bamm, Erma Bombeck, Ilse Gräfin von Bredow, Art Buchwald, Sinasi Dikmen, Trude Egger, Lisa Fitz, Axel Hacke, Ursula Haucke, Johann Peter Hebel, Elke Heidenreich, Inge Helm, Irmgard Keun, Siegfried Lenz, Christian Morgenstern, Christine Nöstlinger, Alexander Roda Roda, Herbert Rosendorfer, Eugen Roth, Hans Scheibner, Michail Sostschenko, Phyllis Theroux, Ludwig Thoma und Kurt Tucholsky.

In der gleichen augenfreundlichen Schrift
bei dtv erschienen:

Anne Biegel / Heleen Swildens
Wo ist denn meine Brille?
Briefwechsel zweier Frauen über das Älterwerden
Deutsch von Hanne Schleich
dtv 25100

Anne Biegel / Heleen Swildens
Mitreden ist Gold
Anne und Heleen setzen ihren Briefwechsel
über das Älterwerden fort
Deutsch von Hanne Schleich
dtv 25107

Anne Biegel / Heleen Swildens
Lust und Plage der späten Tage
Neue Briefe der Autorinnen von
›Wo ist denn meine Brille?‹
Deutsch von Hanne Schleich
dtv 25145

»Die beiden Autorinnen wagen eine tabufreie Bestandsaufnahme der Probleme alter Menschen. Ein ernsthaft-heiteres Buch für Alte und Junge.«
Utz Utermann in der ›Hörzu‹